KEITAI
SHOUSETSU
BUNKO
SINCE 2009

野いちご

もっと、俺のそばにおいで。

ゆいっと

○STARTS
スターツ出版株式会社

カバーイラスト／巣野

ほんとなら、出会うはずもなかったきみ。
　絶対に近づかない苦手なタイプ。
「……は？　……んなのお前に関係ねえだろ」
　いつもは、クールで無愛想なのに。
「しょうがねえから、一緒(いっしょ)に行ってやるよ」
「お前が泣いてると、俺(おれ)が困んだよ」
　なんだかんだ言って、優しくしてくれるきみ。
　そんなふうにされたらあたし。
　……期待しちゃうよ。

「もっと、俺のそばにおいで」
　きみは、甘(あま)くささやいた。

登場人物紹介

青山 翔（あおやま かける）

無愛想でクールな、花恋の同級生。近寄りがたい雰囲気だけど密かに人気がある。ある日スマホを落とし、花恋のものと取り違えてしまう。

笹本 孝太（ささもと こうた）

花恋の通う高校で王子様的存在の、さわやかイケメン。花恋が片想いしている相手。

藤井 花恋

お人よしで引っ込み思案な高校1年生。違うクラスの笹本くんに片想い中でせっかくメッセージを交換する仲になれたのに、スマホを落としてしまって…?

三浦 杏奈

花恋と仲が良いクラスメイト。オシャレに敏感なイマドキの女子で、恋バナが大好き。

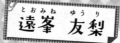

遠峯 友梨

花恋と同じクラスで、花恋と杏奈にとってお姉さんのような友達。

☆ contents

第1章

災難は突然(とつぜん)に。　　　10

すきなひと。　　　20

まさかの修羅場(しゅらば)。　　　35

ついにご対面。　　　44

付き合って、とは。　　　57

きみの価値観。　　　73

第2章

責任取らせろ。　　　94

修羅場、再び。　　　110

俺が悪いのかよ。【翔side】　　　119

この熱は、きみのせい。　　　135

はじめての青春。　　　146

第3章

放課後のひみつ。　　　166

信じたくない事実。　　　184

強引なキス。	198
返事の代償(だいしょう)。	215
俺のキモチ。【翔side】	235
たったひとりの味方。	246
明かされた本性。	255
きみが好き。	270

番外編

似たもの同士じゃなくても。【翔side】	286
モヤモヤ。	294
思いがけない告白。【翔side】	302
信じたくない。	312
花火大会。	317
あとがき	332

第 1 章

災難は突然に。

　——ポンッ。
　眠たい午後の６時間目、静かな教室内に機械音が響いた。
　あ、この音知ってる。
　メッセージアプリの通知音だ。
　聞きなれた音に反応したのは、あたしだけじゃなかったみたい。
　ちょっとざわつく教室。
　でも、学校ではスマホは禁止だし、マナーモードにしておかないなんてもってのほか。
　誰だろう。やらかしちゃったの。

　桜の花が散り、葉が青々としてきた４月半ば。
　あたし藤井花恋は、この春高校に入学したばかり。
　制服のかわいい第１志望校に受かって、仲のいい友達もできて。
　彼氏もできたらいいなぁ……なんて淡い期待を抱いて。
　高校ライフを思いっきり楽しみたいと思っている、ごくごく平凡な女の子。
　ちょっと引っ込み思案なところが、玉にキズなんだけど。
　——ポンッ。
　再び音が鳴る。
　うわぁ……先生に気づかれる前に、早くどうにかしたほ

うがいいのに。
　いまは午後の授業の真っ最中で、担当は学校一怖いと有名な生活指導の関根先生。
　見つかったら大変だよ！
　人ごとだけどハラハラしていると、となりの席の男の子と目が合った。
　……え？　……なにか？
　——ポンッ。
　そして、3度目の通知音が鳴ったとき。
　クラス全員の視線が、あたしに向けられたからビックリする。
　……え？　え？　あたし？
　ううん、ちがうのに。
　学校では必ずマナーモードにしているし、そんなわけないよね……？
　そう思いながらも念には念を。
　ブレザーのポケットにおそるおそる手を伸ばして、スマホを取り出すと。
　目に入ったのは、メッセージのポップアップ画面。
《ちゃんと話しあおう！　ね？》
　えええ!!　うそ。
　いまの通知、ほんとにあたしだったの!?
　学校では絶対マナーモードにしているのに……！
　どうしてどうしてっ……。
　混乱しながらも画面をタップすると、いま送られてきた

のであろうメッセージがズラーッと出てきた。
《別れるなんてうそだよね？》
《ぜったい別れないから！》
《お願い！　考えなおして!!》
　……なにこれ。
　だって、全然身に覚えがないんだもん。
　別れるもなにも、あたし、彼氏なんていないよね……？
　新手の嫌がらせ!?
　──ポンッ。
　そうしている間にも、音を立てて次から次へと送られてくるメッセージ。
「わあああっ……！」
　ちょちょちょ、ちょっと待って！
　まままま、まずは音を消さないと！
　高校の入学祝いに買ってもらったスマホ。
　中学ではまだ早い……と親に言われてしまい、スマホ所持率90％の校内で、肩身の狭い思いをしていた。
　やっと手にしたんだもん。
　いまは触るのが楽しくてしょうがない時期で、使い方だってバッチリ……のはずが、焦っているせいでどこを操作したら音量をオフにできるのかわからずに手まどってしまう。
「えっと……えっとっ……」
　もう、なんでこんなことになってるの……！
　久々の……ううん、ここ数年を入れても最大のピンチに、

頭の中はパニック。
　こんなことで、悪目立ちなんてしたくないのに。
　普段から目立たないあたしが注目を浴びるなんて、体から火が出るくらいに恥ずかしい。
　半泣き状態であちこちボタンを押していると、どうにか音量をオフにできた。
　……ほっ……。
　これで助か……るわけはなかった。
　目の前には、鬼の形相の関根先生。
「藤井――!!!!　そのままそこに立っとれ――!!!!」
　……ひいぃぃっ……!!

「花恋〜、災難だったねぇ」
　授業が終わり、放課後。
　あたしの席に駆けよってきたのは三浦杏奈ちゃん。
　情報収集が早くてミーハーな杏ちゃんは、小柄でかわいくオシャレにも敏感なイマドキの女の子。
　頭の中の90％は恋愛のことなんじゃないかってくらい、恋バナが大好き。
　たまにひとりで暴走しちゃうことがあるんだけど……。
「……うん、ほんと災難……」
　あたしはガックリとうなだれた。
　そんなあたしの頭をなでてくれるのは、前の席の遠峯友梨ちゃん。
「ダメじゃん、ちゃんと音量オフにしとかないと」

背中までまっすぐ伸びた髪が自慢の、高校生には見えない大人びた友梨ちゃんの容姿には、誰もが振り返る。
　あまりに美人すぎて、入学早々『どこ中出身？』って話しかけられたときは、背すじ伸びちゃったっけ……。
　だけど、話してみるとすごく気さくでおもしろいんだ。
　そんなふたりは、高校に入ってからできた友達。
　あたしの性格上、友達ができるか心配だったけど、明るく楽しいふたりのおかげで学校生活も順調に送れている。
「ちゃんとマナーモードにしておいたはずなんだけど……」
　それは、一番気をつけていることだったのに。
　誤操作でも起きちゃったのかなあ……。
　もう１回ちゃんとトリセツ読もう。
「セッキーの怒りハンパなかったよね〜。こわこわっ！」
　そう言って身をすくめる杏ちゃんに、あたしはううっと机に突っ伏す。
　関根先生……通称セッキーは、ただでさえ怖いのに、スマホに関してめちゃくちゃ厳しいんだ。
　もう何人も没収されているって聞いた。
「今回は没収されなかっただけ、よかったと思いな？」
「うぅぅぅ……」
　友梨ちゃんが優しく頭をなでてくれるけど、あたしは落ちこみっぱなしだ。
　なぜなら、あれからあたしは集中攻撃を受けて難しい問題ばっかりあてられた。ほんとさんざんだったんだもん。
　正直、あたしはここの制服を着たい一心でちょっと背伸

びして受験した。
　進学校だし、授業内容もかなり難しい。
　進むペースも速く、できる人に合わせるという無情な方針で授業が進むこともわかったばかり。
　つまり、できない人は落ちこぼれるだけ。
　そんな矢先にこの仕打ちは、かなりのダメージ。
　これが関根先生の狙いなら作戦は大成功だよ。
　おまけに立ちっぱなしだったから、恥ずかしくて倒れちゃうかと思った。
　これでまちがいなく、関根先生に目をつけられちゃったなぁ。
　どうしよう、これから……。
「そんなに急用だったの？　誰から？」
　杏ちゃんが興味津々に聞いてくる。
「えっと……」
　そういえば、あのメッセージなんだったんだろう？
　むくりと体を起こして、ポケットから取り出したスマホの画面をタップする。
　表示されるさっきの会話。
　会話……というより、一方的な短文がいくつも送られてきている。
「ん？　……〝別れたくない〟？」
　それをのぞきこんだ友梨ちゃんが、音読して。
「ってやだ、花恋って彼氏いたのぉっ!?」
　杏ちゃんが、あたしの肩を大きく揺さぶった。

「え？　え？　ちがうよ。あたしも意味がわからないの。ほら、これ見て」
　だって、送信者のアイコン名は《朋美》。
　女の子だもん。
「なんだあ」
　それを見せると、杏ちゃんはつまらなそうな顔をした。
　もうっ、他人事だと思って。
　相変わらず恋愛脳な杏ちゃんに苦笑い。
　それより。
　塾が同じだった朋美ちゃんと、最後にやり取りをしたのはいつだっけ……？
　記憶にもないくらい前のことだと思うんだけど。
　きっと送る相手をまちがえちゃったんだよね。
　まちがってるよって教えてあげたほうがいいのかな。
　でも、内容が内容だし……。
　とはいえ、既読にしちゃってるしなぁ……。
　頭を悩ませながら上にスクロールすると、画面右側にメッセージが現れた。
　これが、自分が最後に送ったはずのもの。
《別れてほしい》
「……は？」
　思いっきり心の底から声が出た。
　ちょっと待って。
　なにこの文面。
　あたし、こんなの送った覚えないよ!?

ふざけたメッセージのやり取りでもしてたっけ……？
　と、頭を整理させながら画面を凝視すると、
「……あれ？」
　朋美ちゃんのアイコン画像が、あたしの知っている朋美ちゃんと別人なことに気づいた。
　前は、朋美ちゃんのアイコンはパンダのぬいぐるみだったような。
　どういうこと？
　あわててホーム画面に戻してみると。
　……やだ、こんなゲームアプリ知らない……。
　ゲームだけじゃなく、そこには見慣れないアプリがズラーッと並んでいた。
　なにかが、おかしい。
　待って待って。
　なに？　なにが起きてるの？
　だんだんと心臓の鼓動が速くなってくる。
「……どうしたの？」
　あたしのただならぬ雰囲気を察してか、杏ちゃんがテンションを静めて声をかけてくる。
「ちょっとおかしいの……」
　電話帳を開いてみて、再びあぜん。
　だって、登録した覚えのない名前ばかりが並んでいるんだもん。
　まるで、人のスマホをのぞいてるみたい。
　そう、人の……。

……人の……？
「なにがどういうふうにおかしいのー？」
　　もしかして……。
「……これ、あたしのスマホじゃない……」
　　知らない人の、だ……。
「えええ～～～っ!?」
　　杏ちゃんと友梨ちゃんの驚き声がハモる。
「それどういうこと!?」
「じゃあ花恋のはっ!?」
　　……あたしが知りたいです。
　　見ちゃいけないと思いつつも緊急事態。
　　もう一度メッセージアプリを開いてみると。
　　やっぱりこれも、知らないアイコンだらけ。
　　まちがいない。
　　これ、あたしのじゃないよっ……。
　　でもなんで？　どうして？
「あ!!!!」
　　杏ちゃんが、すっとんきょうな声をあげた。
「ああっ！」
　　続いて、友梨ちゃんも。
「もしかしてあのとき？」
「そう、あのとき」
「絶対そうだよね！」
「まちがいない」
　　当のあたしを置いて、なにか気づいたらしい杏ちゃんと

友梨ちゃんが、指をさしあって顔を見合わせる。
「ねえ、なんのこと？」
　キョトンとするあたしに、友梨ちゃんがグッと顔を近づけて言った。
「昼休みのこと、忘れた？」
「昼休み……？」
　昼休み。
　昼休み……。
「……あっ……！」

すきなひと。

　あたしには、いま気になっている男の子がいる。
　２組の、笹本孝太くん。
　きっかけは単純。
　入学してまだ間もないころ、階段を踏みはずして落ちそうになったあたしを笹本くんが助けてくれたのだ。
『きゃあっ！』
『……っ！　大丈夫？』
　大きくて温かい手が、あたしを抱きとめて。
　顔を上げたら、彼の顔が頬に触れそうな距離にあって。
　──ドクンッ！
　男の子に免疫のないあたしは一気にテンパった。
　中学時代は、女の子とワイワイやるのが精いっぱいで、引っ込み思案なあたしには、男友達なんていなかったから。
　カッコいい男子と仲よくできる少し派手な女子たちがクラスの第１グループだとしたら、あたしはそれを遠巻きに見てきゃっきゃする第２グループ。
　だから。
『うわっ……』
　このシチュエーション、どうしたらいいの？
　しかも。
　カ、カッコいい……。
　心の叫びに反応するように、体が一気に熱くなっていく。

『あ、ごめん。近いよね』
　あたしのとまどいを察したのか、彼はパッと手を離してくれたけど。
　あたしは言葉も発せずに、首をふるふると横に振るだけ。
『次からは気をつけてね』
　なにも言えないままでいると、さわやかな笑顔を浮かべた彼は、軽く手を振りその場を去っていった。
　うわぁ……なんてカッコいいの！
　まるで、王子様みたい。
　全身に雷が落ちたように体中がしびれて。
　動けなくなるなんて経験はじめてだった。
　そのあと、すぐに彼の名前とクラスを突きとめて。
　廊下ですれちがったり、見かけるたびに視線を留めてしまう日々。
『それは恋だね』
　90％恋愛脳の杏ちゃんに言われても、説得力なんてないけど。
　そんなのとっくに自分でも気づいてた。
　気になる……なんてレベルじゃなくて。
　あたし、あの一瞬で笹本くんに恋しちゃったんだ。
　話してみたい。友達になりたい。
　……彼女になりたい……なんて。
　うわぁ……。
　そんなの欲張りだよね。
　笹本くん、優しいしカッコいいから、きっと彼女だって

いるはず……。
　中学時代も、いいなあと思う男の子はいた。
　だけど自分に自信なんてないし、男の子と話すなんてムリだし、いつも見ているだけだった。
　行動を起こす前にあきらめるという悪いくせが、今回も顔を出したあたしに。
『じゃあ手っ取り早く、まずは友達になりに行こう！』
　そうさせなかったのは、そんな杏ちゃんのひと言。
『友達って……誰と……？』
　面食らうあたしに。
『やーだー、そんなの笹本くんしかいないじゃん！』
『えっ!?　そそそんなの、ムリムリムリムリ――っ！』
『なにがムリなの？　告白してきなって言ってるわけじゃないんだから。たかが友達だよ？』
　たかがって。
　杏ちゃんは、そうやっていつも誰とでも友達になっちゃうの？
　そりゃあ、男友達の多い杏ちゃんにはそうだとしても、あたしにはハードルの高すぎるミッション。
　考えただけで倒れそう。
　相手は、あの笹本くんなんだし。
『ほら行こっ！』
『ちょっ……！』
　あたしのピュアな感情なんて丸無視されて、あれよあれよというまに２組に到着(とうちゃく)。

社交的な杏ちゃん。同中だという女の子としゃべっていたかと思ったら、あっという間に笹本くんを呼びよせてその輪に加わらせたんだ。
　うわー、すごいコミュニケーション能力……なんて感心していたら。
『この間、大丈夫だった？』
『へ？』
『ほら、階段で転びそうになったでしょ？』
　あたしのとなりに笹本くんが……！
　しかも、話しかけられてる!!
　……あたしのこと、覚えててくれたんだ。
『えー？　笹本くんと花恋て知り合いー？』
　感激とドキドキが交差してまたしゃべれなくなるあたしを、杏ちゃんがうまくフォローしてくれる。
　さりげなくあたしの名前を口にしたりなんかして。
『花恋ちゃんていうの？　めずらしい名前だね。でもかわいい』
　かわいいなんてとんでもない言葉が発せられて、あたしは固まってしまう。
『わーっ、笹本くんてばそうやって女の子落とすタイプなの〜？』
『はあ？　変な言いがかりやめろってー』
『きゃはは。で、かわいいのは名前？　花恋？』
『ん？　名前も花恋ちゃんも、どっちも』
『きゃあ――！　やーっぱ笹本くん確信犯〜』

『勘弁してよー、ほんと……』
　真っ赤でカチコチなあたしの横で、笹本くんと杏ちゃんがとんでもない会話をしてるのは気のせい……？
　ふたりだって、今日はじめて話したはずなのに、なにこのフレンドリーさは……。
『そだ！　せっかくだから、ふたりで連絡先交換しちゃえば？　笹本くんもメッセージアプリ入れてるでしょ？』
　せっかくって？
　その強引な杏ちゃんのふりに。
『そうだね。よかったら交換しない？』
　なんのツッコミもなくオッケーする笹本くん。
『えっ……う、うん』
　もちろんあたしに断る選択肢なんてなくて。
　震える手でポケットから取り出したスマホが、笹本くんのスマホと重なる。
『はい、登録完了！　よろしくね、花恋ちゃん』
『……っ、よろしくっ……お、お願いしますっ……』
　なんなんだろう、この展開……。
　ものの５分で、笹本くんとお友達になれちゃった？
　なんだか他人事みたいで、自分の置かれた状況にまだついていけないあたし。
　……そうか。
　こうやってイマドキの男の子と女の子は、簡単に連絡先を交換しちゃうんだ。
　軽いなぁなんて思いながらも、いままであたしが外から

見ていてうらやましいと思っていた世界に、自分が入っていることがうれしかったりもした。
　あたし、やたらと警戒心（けいかいしん）が強いところがあるんだ。
　慎重（しんちょう）なのは悪いことだと思わないけど、用心深すぎて、あと1歩が踏みこめないの。
　長所のような、短所のような……。
『花恋やったね！』
『杏ちゃんありがとう！』
『あとは、花恋の力でがんばるんだよ！』
『うん！』
　そうだよね。
　ここまで手助けしてもらったんだもん。
　あとは自分の力でがんばるしかないよね！
　なんだか、不思議な魔法（まほう）にかかったみたいだった。
　いままでだったら、自分から話しかけるなんてとんでもなかったのに。
　スマホに登録された笹本くんのアイコンが、あたしに力を与（あた）えてくれたんだ。
　それから、あたしは積極的にメッセージを送った。
　しつこいと思われてもイヤだから、おはようとかおやすみとかのあいさつ程度だけど。
　笹本くんからもわりとメッセージを送ってくれて、スタンプの押し合いなんてして遊んだりすることもあって。
　そうしてちょっとずつ仲よくなっていったんだ。
　引っ込み思案なあたしが、信じられない。

恋の力って、ほんとにすごい……。
　でも……。
　学校で会うと、やっぱり緊張して話せなかった。
　廊下ですれちがっても、手を振ってくれる笹本くんに顔を赤くして会釈するくらいで。まわりの子たちみたいに、どうしてもフランクに接せない。
　やっぱり、そんなにすぐには変われない。
　こんなあたしじゃ、嫌われちゃうかなぁ。
　そう考えこんで、また弱気になるんだ。

　そして今日のお昼休み。
　あたしはお昼ご飯を食べ終えたあと、廊下で杏ちゃんと友梨ちゃんと、とあることで真剣に悩んでいた。
『ねーねー、送っちゃいなよー』
『うぅぅぅ……やっぱダメ！』
　あたしはスマホを手のひらで隠す。
　なにをためらっているかというと。
　笹本くんへ〝とある〟メッセージを送るか送らないかについて。
　もう１歩仲よくなるために、一緒に帰るように誘ってみたら？って杏ちゃんに言われたんだ。
　そんなの絶対にムリ！って思ったけど。
『笹本くんね、結構モテるらしいよ。昨日もコクられてたって、同中の子が言ってた』
　──ズキンッ……。

やっぱりね。
優しいしカッコいいもん。当然だよ。
わかっていたけど、その現実を知ると気持ちがズドンと落ちた。
あたしなんかが、競争率の高い男の子を好きになるなんてまちがってたんだ……。
『せっかく仲よくなったんだから、まわりの子たちよりも１歩リードしなきゃ』
『で、でもっ……それじゃああたしが笹本くんを好きってバレバレになっちゃうよっ』
『それが狙いなの！　友達のひとりじゃなくて、向こうにも花恋を意識させるの！』
『……そのほうが、いいの……？』
『いいの！』
恋愛脳の杏ちゃんに言われたらそうしたほうがいいような気になって、なんとか文面を作ってみたんだけど……。
これはれっきとしたお誘い。
おはようとかおやすみのように一方的なメッセージじゃなくて、"YES"か"NO"の返事をもらうわけでしょ？
それを考えたら緊張しちゃってどうしようもない。
『は〜、現代っ子はこれだからダメよ』
やけに冷静に言葉を発する友梨ちゃんを見上げる。
……じゃあ、友梨ちゃんは現代っ子じゃないの？
『聞いた話だけど、いまはデートしながらメッセージアプリで話すカップルがいるらしいよ』

『マジでぇぇっ？』
　友梨ちゃんの話に驚愕する杏ちゃんの横で、あたしも人ごとじゃないかも……なんて身を縮める。
　画面上で話しているほうがよっぽど気が楽だよ。
　やっぱり送れないよね、こんなの……。
『もー、花恋見てるとイライラする。こんなの指先で押すだけでしょ。花恋ができないならあたしがしてあげる』
『えっ!?　ちょっ……！』
　横から白くて細い指が伸びてきたかと思ったら、あたしのスマホが一瞬にして奪われた。
『はい』
　1拍置いて返されたその画面には、送信済みマークのついた文面。
《今度、よかったら一緒に帰らない……？》
　もちろん、笹本くんに向けて。
　これは、あたしが朝から頭を悩ませながら考えて作った文。押しつけがましくならないように、ちょっと、遠慮気味に。
　そ、それが……ほんとに送信されちゃった……!?
『……ゆ、友梨ちゃんっ!?』
『悩んでる時間がもったいないって。堂々と誘えばいいのよ』
　なんて男前なことしてくれるの——!!
　震える手でスマホを持ちながら、あわあわしていたとき。
　——ドンッ。

前から歩いてきた男子とぶつかって。
　――ガシャン。
　そのはずみでスマホを床に落としてしまった。
『わっ、ごめんなさいっ！』
　緊急事態だったもので、前を見ていませんでした……！
　いまのは完全にあたしが悪いし、ひと言謝りの言葉を述べてから目の前に落ちたスマホを手にとる。
　そのとき、彼も同じくスマホを落としたみたいで。
　マスク姿でゴホゴホと咳をしながら、その場に落ちていたスマホを拾うとなにも言わずに行ってしまったんだ。

「……あのとき、か……」
　スマホ、ぶつかった彼と同じ機種だったんだ……。
　なんて偶然。
　さらに、２分の１の確率でちがうほうを拾っちゃった自分が残念すぎるよ……。
　スマホが入れかわったということがわかり不可解な謎はとけ、あたしはガックリ肩を落としながら手の中の白いスマホを見つめる。
　よく見ると、これは結構使いこんでいる感じがする。
　ストラップもカバーもない、シンプルなスマホ。
　あたしのは逆にまだ買ったばかりで綺麗だけど、装飾がなにもないのは同じ。今月お小遣いをもらったら、カバーを買う予定だったから。
「別れ話の最中で取りちがえなんて、バッドタイミングす

ぎるよね～」
　人の不幸は蜜の味……といわんばかりにうれしそうな杏ちゃん。
　杏ちゃんにしたらグッドタイミングだったんじゃないの？と思わせるそのとなりで、同調するように友梨ちゃんも口もとをゆるめる。
「うんうん。この彼女さん、必死すぎてちょっとおもしろいし」
　友梨ちゃんまで？
　あたしはそんなふうには思えないけどなあ……。
　だって、この持ち主と彼女さんにはものすごく真剣な話なわけで。
　それをまったくの他人のあたしが見ちゃっただなんて、ふたりに悪いなぁ……と思うと胸がチクリと痛む。
　と同時に、あることに気がつきサーッと背筋が凍った。
　いま手にしているこのスマホにはロックがかかっていない。あたしも、まだ買ったばかりということもありロックを設定していなかった。
　……ということは。……つまり。
　あたしのだって、見られているかもしれないんだ。
　笹本くんにメッセージを送ったばかりだったのに……!!
「やだっ、どうしようっ!!」
　あたしはガバッと立ちあがる。
　悠長に人の心配をしている場合じゃないよ。
「そのムンク顔ちょー怖いんだけど。どうしたの？」

どうやらあたしはいま、ムンクの叫びみたいな顔になっているみたいだけど。
「あたしだってバッドタイミングだよ……」
　一世一代のお誘い。
　それを見ず知らずの男子に見られたら……恥ずかしくて生きていけない……。
「そうじゃん！　花恋も笹本くんからの返事待ちだしね？」
「あー、こっちはこっちでタイミング悪かったね～」
　それは友梨ちゃんのせいでしょー！
　長い髪をかきあげ、他人事みたいにサラッと言う友梨ちゃんを恨めしく見つめる。
　あとほんの数秒ずれていたら、こんなことになっていなかったのに。
「とりあえず相手を特定しないと。ぶつかった男子の顔覚えてる？」
　友梨ちゃんにそう言われ、記憶を頼りに思い出そうとするけど……。
「ううん……」
　力なく首を振る。
　マスクをしていたし、まったくわかんない。
　ほかのクラスの男子なんて、そもそも知らない。
「じゃあ、見るしかないよね」
「へっ？　見るって？」
「マ・イ・デ・ー・タ」
　なぜかうれしそうな杏ちゃん。

「でも……人のスマホを勝手に見るのってまずくない？」
　電話帳を見るのだってドキドキしたのに。
　さっきのは仕方ないとして、人のスマホをあれこれいじるのは気が進まないよ。
「花恋ってばお人よしなんだから。この期に及んでそんなこと言っていられる？　いい？　花恋のスマホだって、どこの誰かわかんない男子の手に渡ってんだよ」
　うっ。そうでした。
　友梨ちゃんの言うことはごもっともです。
「そうだよ、これ以上の修羅場はきっと出てこないから大丈夫大丈夫！」
　そんな笑えない太鼓判……。
　早く早くと急かす杏ちゃんは、ミーハー心しかないって感じ。
　しょうがないなぁ。
　同じ機種だし、それなりに操作はできる。
　しぶしぶ指を動かすと、持ち主のデータが表示された。
「あ、出た出た」
　楽しそうな杏ちゃんの声を頭上に聞きながら、目に映るのは知らない名前。
「青山……翔……？」
　読みあげてみても、当然だけどピンとこない。
　同じクラスの男の子でもない。
「知らないなー」
「あたしもわかんない」

……ああ。
　同中だったとか、学年でも話題の〝あの人〟とか、そんな都合のいい展開にはならなかったか。
　軽く落胆していると。
「杏奈、花恋のスマホにかけてみなよ」
「オッケー！」
　そっか。自分のスマホに電話をかけるのが、一番手っ取り早い手法だよね。
　友梨ちゃんに言われ、杏ちゃんがスマホを耳にあてる姿を、あたしは他人事のようにぼーっと眺める。
　とにかく。
　あたしのスマホが〝青山翔〟って人に渡っていることはまちがいないんだ……。
　スマホをなくすって、お財布を落とすより怖いかも。
　だって、個人情報がダダもれだもん。
　好きな人の話をしたり、ウワサ話だったり。
　誰かに見られるなんてまったく考えずに会話してるし。
　そして、そして。
　現実問題なにが怖いって。
　笹本くんにメッセージを送った直後だったし、もしかしたら返事が来てるかもしれないんだから。
　それを青山くんて人に見られてたら……！
　考えただけでも、体が燃えるように熱くなってくる。
「出ないよー」
　ふわふわの髪を指に巻きつけながら、杏ちゃんが唇を

とがらせる。
「……そんなあ」
　それから何度かけても、青山くんはあたしのスマホに出てくれなかった。
　焦りはどんどん募(つの)っていく。
　この緊急事態になにをしているの！　青山くんは……！
「まだ取りちがえに気づいてないんじゃない？」
　えっ？　そういうこと？
　友梨ちゃんの言葉に、希望の光がひと筋見えた。
　だって、それが一番ありがたいもん。
　どうかまだ気づいていませんように！
「じゃ、じゃあ青山くん捜(さが)してスマホ返してもらってくる！」
　友梨ちゃんの手からスマホを奪いとると、あたしは教室を飛び出した。

まさかの修羅場。

　あたしのクラスは8組。
　となりの7組から捜して、2組まで該当する男子生徒はいなかった。
　もしかしたら先輩かもね、なんていう杏ちゃんの脅しにおびえつつ、1組の前にたどりつく。
「あのー……」
　ドア近くの席でカバンを肩にかけようとしていた男の子に、おそるおそる声をかけた。
　普段ならこんなことできないのに、スマホのためならって思いが、いつになくあたしを突きうごかす。
「ん？」
「あの……青山翔くん……て……このクラスですか？」
「翔に用？」
　彼がそう言ったとたん、やった！と背後で杏ちゃんがうれしそうに小さく叫ぶ。
　あたしも同じ思いだった。
　よかった！　このクラスにいるんだ！
「は、はいっ！　呼んできてもらえますか？」
　これでスマホが返ってくる！
　幸いにもHRが長引いていたのか、まだ教室内には大勢の生徒が残っている。
　ふう——。これで一件落着だ、と。

大きく安堵の息を吐いたそのとき。
　ありえない言葉が耳に届いた。
「うわー残念っ。翔さ、具合悪くて昼休みに早退しちゃったんだよねー」
　な、なんですって……？　そ、早退ですと……？
　戻ってきていた血の気がまたサーッと引く。
「こーんなにかわいい子たちがそろって翔を訪ねに来てくれたのに、いないなんて罪なヤツだよなー」
　思いっきり校則違反な制服の着こなしをしている彼は、クシャッと顔をゆるめた。
「そ、そうだったんですね……」
　言動もそうだけど、見た目だけで言わせてもらえば、すっごい軽そうな人。
　髪は赤いし、ピアスは……1、2……5個？
　こんなチャラい人、うちのクラスにはいないなぁ……なんて、思考が飛んじゃうくらいショックで、ドアに片手をついてうなだれる。
　よりによって、早退だなんて……。
「で、俺でよければ用件聞くよ？　伝言しとくし」
　ニコニコと笑みを絶やさない彼は、決して悪い人じゃなさそうだけど。
「あ、そ、そのべつに……」
　伝言って……。
　いまあたしが持ってるスマホに連絡が入るなら……意味ない。

「あー、もしかして翔にコクろうとしてたとか？」
「うっ……」
　……やっぱりチャラい。
　こういう人、ムリ。
　こんな冗談みたいな軽いトークに、あたしはうまく切り返しができないんだ……。
　だから、男友達のひとりもいないんだろうけど。
　あとは杏ちゃんに任せようかと、目を泳がせると。
「おい侑汰、彼女困ってんじゃん。どうしたの？　翔に用があったの？」
　黒縁メガネをかけた別の男の子が、人のよさそうな顔で輪に入ってくる。
　チャラ男くんとは対照的に、まじめそう。
　彼ならちゃんと話を聞いてくれそうだけど。
「い、いえっ、大丈夫ですっ。失礼します……！」
　あたしはクルリと身をひるがえして、元来た道を小走りに進んだ。
　あ、待って！という背後にかかる声を無視して。
　……メガネの彼が来た瞬間逃げちゃうなんて、かなり失礼だったかな。
　でも。
　チャラ男くんに話すのもイヤだけど、まじめに聞いてくれるって言われたら、もっとムリだと思ったんだ。
　しかも、男の子がひとり増えたっていうだけで、あたしの心臓にも悪い。

「ちょっとー、花恋ー!?」
「どしたー?」
　杏ちゃんと友梨ちゃんが、そのあとをパタパタと追いかけてくる。
「なんでスマホのこと言わないのー?」
「さっきの人たち、青山翔と友達っぽかったじゃん。言えばよかったのに」
　……まぁ、ふたりにこう責められるのは仕方ないよね。
「だって……できれば知られたくないんだもん。あたしのスマホを青山くんが持ってるってこと」
　さっきのチャラ男くんのこと。
　そんな事実を知ったらきっと、おもしろがって『見ちゃおうぜー』なんて興味津々であたしのスマホを見るに決まってる。
　その前に、青山くんもさっきの人みたいなチャラ男だったらどうしよう……!
　類は友を呼ぶって言うし。
　でも、あのメガネくんはまじめそうだったしなぁ……。
　青山くんてどんなタイプの男の子なんだろう。
　まじめ……とまではいかなくても、せめてふたりの中間くらいだったらありがたい。
「てことは、今日スマホは戻ってこないのか〜」
　杏ちゃんが口をとがらせながら言うのは、恐ろしい現実。
　……それは心底困るんだけど。
「ま、青山翔の具合がすぐにでもよくなることを願うしか

ないね」
　友梨ちゃんの言葉に、あたしは大きくうなずいた。
　青山くんの具合が早くよくなりますように。
　明日学校を休みませんように。
　あたしのスマホが無事に返ってくるために。
　あたしは、まだ誰だかわからない人の回復を必死で願うしかなかった。

　そして、夜。
「……どうしよう」
　あたしはいま、困っていた。
　困っているのは、昼間から変わらないんだけど……。
　青山くんのスマホは、そのままあたしが家に持ち帰った。
　いま現在このスマホに対する責任はあたしにあるんだろうから、学校に置いといてもしなくなったらあたしのせいになると思うし。
　でも……失敗だったかも。
　帰ってからもあたしの頭を悩ませ続けるのは、青山くんのスマホ。
　音はオフにしたままだけど、着信を知らせる青いランプがずっと点滅しているんだ。
　着信名は、《朋美》ちゃん。
　別れ話をしてきたっきり、いくらメッセージを送っても返信がないんだからそりゃあ不思議に思うよね？
　既読になっているし、メッセージは見たと思われてるも

んね?
　既読にしちゃったのはあたしだけど。
　これって、青山くんが無視してることになる?
　電池の残量もなくなってきたから、律儀に充電もしてみた。
　でもいっそのこと、このまま充電がなくなっちゃったほうがいいのかな?
　いや。そしたら青山くんがもっと責められる?
　……ああ、もう。
　見ず知らずのカップルの危機に、あたしが気をもむ。
　きっと、こういうところが〝お人よし〟って言われるんだろうなぁ……。
「青山くんは、無視してるわけじゃないんだよ〜」
　顔も知らない朋美ちゃんに、必死で弁解。
　……したところで、目の前のスマホは着信を続けているわけで。
「はぁ〜〜〜」
　朋美ちゃんからの着信を目にするごとに、胸の痛みが増していく。
　ふたりが別れる別れないは、あたしには関係ないけど。
　事態を悪化させないためにも、ここは説明しておいたほうがいいかな?
　青山くんのスマホは、いまは青山くんの手もとにないんです。
　不慮の事故により、入れかわっちゃったんです。

この事実だけでも、朋美ちゃんに伝えてみよう。
　そうすれば、この着信地獄からあたしも救われるわけだし！　このままじゃ眠れないもん。
　よしっ。
　悩んだ結果、意を決する。
　青山くんごめんなさい。
　あなたの電話に出ます。
　これは緊急事態なんです……！
　心の中でそう断って、通話画面を押した。
「……もしも……」
『出たっ……え……？』
　応答があったことに朋美ちゃんが驚きの声を発したあと、一瞬間が空く。
　当然だよね、女の子が出たんだもん。
　あたしはあわててつなぐ。
「あっ、あの、あのですね──」
『ちょとアンタ誰よっ!!!!』
　ひいいいいっ……。
　朋美ちゃん、なんとなく想像できたけどやっぱり手ごわいキャラだよ。
　負けるものか。
　大きく息を吐いて、呼吸を整える。
「あのっ、実は……」
『これ、翔のスマホだよね？』
「へっ？　は、はいっ……」

だけど、あたしは彼を知りません。
『アンタ翔のなんなわけ？　翔そこにいるんでしょ!?　代わりなさいよ！』
「いいい、いませんよっ!?」
「花恋〜？」
　そこへ、突然低い声が割りこんだ。
　それは、あたしのすぐ後ろから聞こえていた。
　わあっ!!　お、お兄ちゃん……!?
　タイミングが悪いことに、お兄ちゃんがあたしの名前を呼びながら部屋のドアを開けたのだ。
　ちょちょちょちょ、なにっ!?
　電話中だとアピールして、出ていってもらうようにジェスチャーしたけど。
『やっぱりいるんじゃない！　いま声がしたしっ！』
「へっ？」
　……時、すでに遅し。
　その声は、ばっちり電話の向こうへも届いていたみたい。
　だけどそれはお兄ちゃんだしっ……。
『ちゃんと別れ話もしてないのに、もう別れた気なの!?　こんな時間まで女と一緒にいるってどういうことよ』
「あの、で、ですからっ……」
『しかも女に電話出させるとか最低！』
　わあっ！
　あたしのせいで、青山くんが最低な男の子になっちゃう。
『とりあえず、明日学校でちゃんと話しあうからって伝え

て！』
　——ピッ！
　……え。
　スマホの向こうはすでに応答なし。
　切られちゃっ……た……？
　青山くんのスマホを手に、しばし放心状態。
　耳にはまだ、朋美ちゃんの声の余韻が残っている。
　……あたし、なんのために電話に出たんだろう。
　スマホのトラブルを説明するどころか、一方的にまくしたてた朋美ちゃんに対して弁解のひとつもできず。
　もしかして、状況は悪化した……？
　これなら、着信を無視してるって思われたままのほうがよかったかも……。
　あたしの選択ミスだ。
　……青山くん、ごめんなさい。
　結局、あたしは別の意味で眠れない夜を過ごした。

ついにご対面。

「ねっ、青山くんから連絡あった？」
　翌日。
　あたしの顔を見るなりそう尋(たず)ねてくる杏ちゃん。
「……ううん」
　……はぁ。
　首を横に振るあたしは気が重くて仕方ない。
　ただ、スマホを元に戻して終わり……な話じゃなくなった気がするから……。
「でも、さすがに気づいてるだろうし、きっと向こうから花恋を探してスマホ取りもどしに来るよねっ」
　いまにもスキップでもしそうな勢いの杏ちゃん。
「……どうしてそんなに楽しそうなの？」
　あたしは寝不足(ねぶそく)の上に、頭まで痛いのに。
　カバンを置くと、あたしは廊下に出て窓側の壁(かべ)に力なく背をつけた。
　後ろから追いかけてきた杏ちゃんは、相変わらずのハイテンション。
「だぁって、翔って名前から絶対にカッコいいって想像できるんだもーんっ」
　……ほんと他人事だよね。
　そこへ、ちょうど友梨ちゃんも登校してきて。
「実はね……」

あたしは昨夜起きた、朋美ちゃんとの修羅場を説明した。
　この重苦しい心を、誰かと共有したかったんだ。
　悪者扱いされて、かなりへこんでるし。
「ええっ!?　なにそれなにそれっ！」
「うわー、やらかしちゃったね」
　杏ちゃんは思った通りおもしろそうに目を輝かせ、友梨ちゃんは、やれやれという顔で長い髪をかきあげる。
「すべては、このスマホのせいだよ……」
　それはそうと、青山くんはいったいなにしてるの？
　自分のスマホが入れかわっているのに、全然音沙汰なしって。
　いくらなんでも気づいてないわけないよね？
　それとも、熱に浮かされてほんとにスマホを見ている暇がなかったとか。
　まさか、今日はお休み……!?
　そんなの絶対にダメだからねっ。
　スマホを見つめてそう念じたとき。
「藤井！　お前はまたスマートフォンなんかいじっているのか！」
「ひゃっ」
　真横からかけられた声に、ビクッと肩が上がる。
「うわ、セッキー」
　小声で恐怖におののく杏ちゃんに、あたしはあわててスマホを隠したけど。
「昨日のことを反省しとらんな」

「わっ……」
　柔道で鍛えたという太い腕が伸びてきて、あっという間にスマホが取りあげられた。
「これは今日１日俺が預かっておく！」
「せっ、先生……！」
　それだけは勘弁してくださいっ！！
　だってあたしのじゃないし。
　青山くんに返さなきゃいけないんですっ……。
　杏ちゃんと友梨ちゃんに助け舟を出してもらおうと目で合図するのに、こんなときに限ってふたりとも借りてきた猫みたいに大人しくなって。
　……わかるよ。関根先生に逆らったらあとが怖いもんね。
　あー……。
　スーツのポケットにスマホを収めて去っていく関根先生の背中を、泣く泣く見送るしかなかった。
「藤井さんているー？」
　そのときだった。
　そんな声が聞こえてきたのは。
「ちょっ、もしかして青山くんじゃない!?」
　杏ちゃんが、あたしのブレザーの袖を引っぱる。
「えっ……！」
　すぐ近くには昨日１組で会ったふたりと、もうひとりの男の子がいて、教室の中へ向かって声を張りあげていた。
　きっと、スマホを取りもどしに来たんだ。
　その証拠に、細身で背の高い男の子の手には、あの白

いスマホ！
　会いたかったあたしのスマホ……!!
「藤井さーん？」
　呼んでいるのは、赤い髪の男の子。
　あたしの名前を知られているってことは、やっぱりマイデータを見たんだ……。
　うん、普通見るよね。
　あたしだって見たくせに、相手に見られたかと思うとショック。
「ほら、早く名乗り出ないと」
　友梨ちゃんが、あたしの背中を押して急かす。
「で、でも……」
　あたしには返すスマホがない。
　たったいま、関根先生に取りあげられちゃったんだから。
　すると、
「あれっ？」
　あたしを呼んでいた男の子が突然振り返り、ふいに目が合った。
　着崩した制服。赤い髪。耳にジャラジャラついたピアス。
　……やっぱりチャラい。
「翔、この子だよ、藤井さん。ね、そうでしょ？　藤井さんでしょ？」
　急に問いかけられてあたしはうなずくこともできず、目をパチパチとさせるだけ。
「昨日翔のとこに来たのは、スマホのことだったんだろ？」

……もう逃げられない。
　昨日助け舟を出してくれたメガネくんもいる。
　彼らと一緒に来てるってことは、あたしが捜しに行ったことを青山くんは知ってるんだろう。
「ん？」
　チャラ男くんに引っぱられて、スマホを手に持っていた男の子が振りむく。
　この人が、青山くん……。
　ミルクティー色で無造作ヘアの、背が高い男の子。
　チャラいわけでも、まじめそうなわけでもなく。
　切れ長の目にスッと高い鼻、中性的で綺麗な顔はイケメンとしか表現できないけど、なんだかムスッとしている。
　とっつきにくそうな感じだなぁ。
　チャラ男くんやメガネくんより、苦手なタイプかもしれない。
　って！　青山くんの観察をしてる場合じゃなくて。
　気づいたら、目の前に青山くんがいた。
「きみが藤井さん？」
　問われてコクコクとうなずく。
「悪い。昨日スマホずっとカバンに入れっぱなしで、取りちがえたのに気づかなかった」
　見た目通りの無愛想さでボソッと言って、差し出されたあたしのスマホ。
　やっぱり昨日は気づいてなかったんだ。
　じゃあ、中身を無駄(むだ)に見られたりはしてないかもと

ちょっと安心したのもつかの間。
　そうだ……。
　あたしには、それと引きかえに渡す、彼のスマホがないんだった……。
「あ〜、えっとぉ……」
「ん？」
　青山くんは無表情のまま、あたしを見つめる。
　すべすべしていそうなお肌に、小さい顔に合うようにシュッとした顎。
　それにマッチしたような切れ長の目。
　どこか冷たい、責めるようなそんな瞳に見つめられて、一瞬でテンパってしまう。
　……どうしよう……。なんて言えばいい……？
　絶対に怒られるよね……。
　なにも言えずに困っていると、友梨ちゃんが口を開いた。
「あのですね〜、実はたったいま、青山くんのスマホ、セッキーに取りあげられちゃって……」
「……は？」
　ものすごい不機嫌そうな声が、うつむいたあたしの頭上に落ちた。
　そりゃ怒るよね……。
　これ、一番ダメなパターンだよねぇ……。
　怒鳴られるかと思うと、心臓が凍りつきそう。
「うきゃきゃきゃー、セッキーに〜？　マジで〜？」
　青山くんが固まっているその横で、チャラ男くんがおな

かを抱えて大爆笑。
　朝から騒々しい廊下に、通り過ぎる人がもれなく視線を向けていく。
「それ、どういうこと？」
　青山くんは、眉をひそめてグッと１歩前へ出て追及してくる。
　背が高いだけあって、威圧感がハンパない。
　心臓がバクバクしてくる。
「……あの、昨日取りちがえた直後の授業中に、いっぱいメッセージが来て、ピロピロ音が鳴っちゃって……。それが、関根先生の授業だったんです」
「マジか……」
　……少しは反省してる？
　ちょっと共感してくれたような声に、あたしは首振り人形のように大きくうなずいて続ける。
「おかげで、目をつけられてしまって……。今朝も返すために手にスマホを持ってたら、関根先生にまたスマホいじってるのかって……それで……あの……」
　おそるおそる青山くんを見上げると、おでこに手をあてて天をあおいでいた。
「最悪っ」
「……っ」
　冷たい口調で放たれて、ズキンズキンと心が痛む。
　それってあたしに言ってる？
　それとも関根先生のこと？

「で、いつ戻すって？」
「あっ……今日の……放課後……」
「あっそ」
　アレ？　案外怒ってない？
　いますぐ取り返してこい！とか言われると思ったのに、拍子抜け。
　ひと言で済ませた青山くんに、バクバクしていた心臓が少し穏やかになってくる。
　でもっ……！
　それだけじゃない。まだあるんだ。
　あたし、青山くんの彼女ととんでもない修羅場を作っちゃったんだった！
　隠したってバレるのは時間の問題だし。なんて説明しよう……。
「あ、見つけたぁぁ〜〜」
　と、そこへ甘ったるい声が響いてきた。
　同じように甘ったるい香水の香りをただよわせながら現れたのは、どこの少女漫画から飛び出してきたんだろうと思うような女の子。
　杏ちゃんのかわいらしさと、友梨ちゃんの美しさを合わせたような絶世の美女。
　もしかして、この子が……。
「翔！　昨日の夜のこと、ちゃんと説明してよ！」
　や、やっぱり……！
「じゃなきゃ朋美、納得できない！」

怒っているのにかわいい彼女は、やっぱり朋美ちゃん本人でまちがいない様子。
　ここで登場するなんて……！
　顔面蒼白(そうはく)なあたしの思いなんて知りもしない彼女は、頬をふくらませながら仁王立ちで青山くんの前に立った。
　そんな様子でさえかわいい。
「……なんだよ夜って……」
「とぼけないでよ!!」
　……わけがわからないよね、青山くんは。
　理由がわかるのはあたしだけだもん。
「マジ、意味わかんねえし」
「ちょっと！　さんざん既読無視したあげくに、電話に女出すってどういうこと？」
　その瞬間、青山くんがあたしを見る。
　確実に、目でなにかを訴(うった)えている。
　訳すなら『お前、なんかやったの？』ってところ。
　あたしはふるふると小さく首を振る。
「あたし、別れるなんて認めてない。なのに、もうほかの女の子と夜まで一緒にいるなんてひどいよっ……」
　目に涙(なみだ)をいっぱい浮かべた朋美ちゃんが、その長いまつ毛を伏せる。
　うわっ……泣いちゃう……。
　再びあたしに向けられた青山くんの顔。
『お前、電話出たの？』
　今度こそ、クチパクでそう伝えられる。

ええと……。その。
……正直に話すしかないよね。
ふぅ。
目をつむって呼吸を整えたとき。
視界がぐらりと揺らめいた。
……え?
体だけが、急にどこかへ持っていかれたのだ。
目を開けると、青山くんとあたしの体が密着していた。
青山くんの手はあたしの肩にまわっている。
そして、ありえないセリフを聞いた。
「ごめん朋美。俺さ、この子と付き合うことになったんだ」
　……はい?
　なにをされて、なにを言われているんだろうと思い、密着したまま横を見上げると青山くんの顔が真横にあった。やっぱり相当背が高いなあ……って、そんな悠長なことを考えてる場合じゃなくて……!
「っ……ひどいよっ」
　再び目にした朋美ちゃんの顔はもう真っ赤で、涙が頬を伝っていた。
　それを見て、ハッと我に返った。
「や、やや、あたしはっ……!」
「あー、べつに隠さなくていいから」
　あたしの否定に被さるワントーン高い青山くんの声。
　言いながら、膝を使って合図を送ってくるのは、合わせろってことなんだろうけど。

でも……でも……っ。
　こんなふうに抱きよせられて、心臓破裂しそう……!!
　その前に、口から心臓飛び出そう……!
　男の子と密着するなんて、生まれてはじめての経験なんだから。
　あたしきっといま、ゆでダコみたいに顔が赤いはず。
　朋美ちゃんは、小さな唇をきゅっとかみながらそんなあたしをにらんでくる。
　ちがう、ちがいますっ……!
　そう言いたいのに、言葉にならない。
「あたしそんなの絶対に認めないからっ!」
　朋美ちゃんはそう言うと、身をひるがえし駆けていった。
　あっ……行っちゃった……。
　嵐が去ったように静まり返る廊下。
　杏ちゃん友梨ちゃん、そして青山くんのチャラい友達さえもが言葉を発せず気まずそうに目を泳がせている。
　最後のセリフを言ったあと、朋美ちゃんの目はまちがいなくあたしをにらんでた。
　実際、あたしと青山くんにそんな事実はないけど。
　朋美ちゃんの言葉と瞳が、胸に刺さってキリキリ痛んだ。
「こうでも言わなきゃ納得してくれないだろ?」
　あたしの肩から手を離し、ふーっと息を吐きながら青山くんが言う。
　……え?
　いまのが、納得したように見えたの?

納得どころか、状況は悪化したよ？
「それにさ」
　青山くんが、グッと顔を近づけてくる。
　どきっ。
「勝手に修羅場にしたの、そっちだろ」
　まちがいは、ない。そこは否定できないけどっ……。
　別れ話のトークを見ちゃったのは不可抗力だとして、それ以上にややこしくしたのはあたしだ。
　自分は悪くないと正当化していた悩みなんて一蹴されてしまうほどに図星すぎて、なにも言えない。
　それをいいことに、あたしにたたみかけてくる青山くんは何枚も上手。
　——キーンコーンカーンコーン……。
　空気を引き裂くように、頭上で予鈴が鳴った。
「翔、そろそろ戻らないとヤバくないか？」
「ああ」
　予鈴を気にするメガネくんの声に、青山くんがうなずく。
「ってことで、戻るわ」
「あのっ、あたしのスマホは……」
　青山くんの手には、まだあたしのスマホが握られている。
　返してくれる……んだよね……？
「俺のが返ってくるまで、これあずかっとくな」
「え!?」
「今日1日没収されてんだろ？　じゃあ、放課後昇降口で受け渡しってことで」

青山くんはそんな言葉を残すと、先を行くふたりを追うように、廊下の向こうへと走っていってしまった。
　うそっ……。うそでしょ……!?
　笹本くんからの返事が気になって仕方ないのに。
　放課後までおあずけ……？
　そんなあ……。
　そりゃあ、没収されたのはあたしが悪いけど……。
　青山くん、なんて自己中な人……。
　朝からとんでもないドタバタ劇に、もう帰りたくなってしまうほどあたしは疲れきっていた。

付き合って、とは。

「……以後、気をつけるように」
「はい、すみませんでした……」

放課後、関根先生のもとへ行き、無事にスマホを返してもらった。

タダでは返してもらえず、チクチクと10分ほどお説教をされたけどそれは仕方ない。

これで、やっとあたしのスマホに会える。

でも、また青山くんに会わなきゃいけないのが憂鬱だけど……。

もっと人あたりのいい人だったらよかったのに。

あたしってツイてないな。

そんな沈んだ中での、ひと筋の希望の光。

それは、笹本くんから返事が来ているかどうかってこと。

もしいい返信が来ていたら、青山くんに責められたことなんて、一瞬で吹っ飛ぶくらい元気になれるんだけどなぁ。

そわそわしながら約束の昇降口まで行くと。
「あ、来た来た！」

大きく手を振りながら杏ちゃんが出迎えてくれた。

ひとりで受け渡しに行くのはイヤだから、杏ちゃんと友梨ちゃんにも待っててもらうことにしたんだ。
「遅かったね、説教くらったの？」

図星を指してくる友梨ちゃんに、あたしは下唇を突き出

しながらうなずいた。
「で……青山くんはもう来てる……？」
　ドキドキ、ひやひや。
　少し警戒しながら友梨ちゃんを盾に向こうをのぞくと、朝も来ていた青山くんの友達ふたりの姿が見えた。
　けど、肝心の青山くんは……？
「翔はちょっと野暮用中なんだ。ごめんね、もうちょっと待ってて」
「そうですか……」
　……まだなんだ。
　チャラ男くんがニヤニヤして言うけど、その野暮用になんてべつに興味ないもん。
　それをサラッと流したあたしとは対照的に。
「えー？　野暮用ってー？」
　杏ちゃんがかわいらしく突っこむ。
　……そういうところが、男ウケするのかなぁ。
　しかも狙ってるんじゃなくて、ほんとに興味津々って顔だから嫌な気もしない。
「えっとね」
　チャラ男くんが、杏ちゃんの耳もとでこしょこしょとなにかをささやくと、杏ちゃんの目がぱあっと見開かれた。
「きゃーっ」
　かわいらしく興奮してみせて、手のひらを顔の横で開く。
　さすが杏ちゃん、仁草もかわいいなぁ。
　相変わらず女子力の高い杏ちゃんに感心する。

男の子は、やっぱりこういう女の子が好きだよね。
　目の前で女子力のちがいを見せつけられても、やっぱり青山くんの野暮用に興味はなく、彼がまだ来てないという事実だけに緊張が少しとけた。
　笹本くんから返信が来てるか早く確認したいけど、まだ確認しなくていいんだという変な安心感。
　こういうとき、都合のいい妄想っていうのはいくらでも浮かんでくるもので。
《いいよ、いつにする？》
　なんて返事を想像して、顔がニヤけてしまう。
　わー、ほんとにそんな返事が来てたらどうしよう！
　でも。まさかそれ、青山くん見てないよね？
　そして既読にしてないよね!?
　既読にしてたら、あたしも既読無視したことになっちゃう！　どうしよう。
　青山くんが既読にしたのはいつ？　昨日？　今日？
　全部妄想なのに、本気で不安になってくる。
「お！　来た来た！」
　メガネくんの声で、おそるおそる振り返ると、
「悪い、遅くなって」
　小走りしてくる青山くん。
　少し長い前髪を、軽く揺らしながら。
　き、来た！
　姿を見たとたん、今朝の密着した体を思い出して、思わず顔を背ける。

こういうのって、時間が経つほど恥ずかしさが増すっていうか……。
　青山くんはなんとも思ってないんだろうと思うと、ちょっとしゃくだけど。
「こ、これ……」
　それでも、青山くんがあたしの前で足を止めたから、少しうつむき加減のままおずおずとスマホを差し出す。
「ん」
　約束通りあたしのスマホが渡され、互(たが)いのスマホが持ち主のもとへと戻った。
「あ、ありがとう……」
　その瞬間。
　あたしは青山くんにクルリと背を向けて、急いでスマホをタップ。
　開くのは、メッセージアプリの笹本くんのアイコン。
　……ドキドキ……。
　目に飛びこんできた最後のコメントは。
《今度、よかったら一緒に帰らない……？》
　あたしが送ったものだった。
　返信……来て、ない……。
　ふっと、肩の力が抜けた。
　でも直後、胸がキリキリと痛んだ。
　その文面の横には、〝既読〟の文字がついていたから。
　見てるのに、返事、くれてないんだ……。
　心に、サァーッと隙間風(すきまかぜ)が吹いた。

残念というより、傷ついているあたしがいる。

仲よくなったつもりでいたけど、一緒に帰るなんて、迷惑だったんだよね……。

「どうかした」

忘れてた。ここに青山くんがいたこと。

「な、なんでもないですっ」

彼のぶっきらぼうな問いに、ムリやり笑顔を張りつけて答え、スマホはそのままブレザーのポケットへ滑らせた。

「じゃあ、これで……」

今朝の件とか、いろいろ追及したいことはあったけど、いまはそんな気力はない。

きっと、あたしと付き合うなんて事実がないことは朋美ちゃんにもすぐにわかるんだろうし。

ふたりで解決してくれるはず。

その先の別れる別れないは、あたしには関係ないもん。

軽く頭を下げて歩きだす。

上履きを脱ぎ、靴に履きかえる。

体に染みついた一連の動作も無意識なくらい、ショックだった。

画面上についた〝既読〟の文字が、頭から離れない。

……恥ずかしい。

調子に乗って、誘ったりして。

あんなメッセージ送るんじゃなかった。

笹本くんからすれば、あたしなんてたくさんいる女友達のひとりなのに。

女友達っていうか、ただの知り合いくらいの位置づけかもしれないのに。
　一緒に帰るなんて、まるでカップルみたいなこと、するわけないよね。
　メッセージを見たのに返事をくれないのは、きっと困ったからだ。
　なんて返していいのかわからないんだよね。
　優しい笹本くんのことだし、断りたいけど傷つけないようにサラッとスルーしてくれたのかも。
　それとも、引いた……？
　ああ、もうダメ……。
　ずるずると、悪いほうへ思考が傾(かたむ)いていく。
「ちょちょちょ、待ってよ」
　後ろから追いかけてきた杏ちゃんが、あたしの腕を引っぱった。
　もともと力の入っていなかった体。
　されるがままにグッと戻される。
「いまさ、侑汰くんたちと話してて、これから遊びに行こうってなったのー」
「……侑汰、くん？」
「そう」
　杏ちゃんが振りむく先では、チャラ男くんが手を振っている。
　……え？
「いいじゃん、行こうよ。駅前のカラオケ」

友梨ちゃんまで。
　あまり男の子に興味を示さない友梨ちゃんまで乗り気なんて、めずらしい。
　どうしてだろうと思っていると。
「あたし、ちょっと気に入っちゃったんだぁ〜」
　杏ちゃんが、耳もとでこしょこしょとささやく。
　……あ、そういうこと？
　どうやら、恋愛脳が本領を発揮しちゃったみたい。
「あの、チャラい人？」
「え？　侑汰くん？」
「うん」
　彼が侑汰くんなんだよね？
　杏ちゃんが好きそうなタイプだもん。
「じゃなくて、智史くん」
「え？　誰？」
　新たな名前を告げられて、目をパチクリさせる。
　いきなり下の名前で言われても、理解できないよ。
　でも、チャラ男くんが侑汰くんで、青山くんは翔って名前だし。とすると……。
「メガネかけてる彼だよっ！」
「そ、そうなの？」
　まさかのメガネくんとは。
　杏ちゃんは、こういう人が好みなの？
　一番ないタイプだと思っていたのに。意外だなあ。
「ね！　お願いっ！」

両手を合わせて、かわいい瞳をクルクル動かしながら言われたら……。
「……うん、いいよ」
　全然気分じゃないけど、杏ちゃんの恋路のためなら。
　友達として、応援してあげたいし。
「やったぁ、行こ行こっ！」
　腕を取られ、みんな一緒になって昇降口を出る。

　次第に、杏ちゃんの腕からは解放された。
　あたしと青山くんを除く４人は昇降口ですっかり打ちとけたのか、ひとかたまりになって先を軽快に歩いていく。
　あたしはその輪に入る力もなく後ろを歩いているけど、青山くんも同じだった。
　……これ、青山くんも行くんだよね……？
　輪に入るでもなく、少しおくれをとったまま足を進めている。
　これじゃあまるで、ふたりで帰っているみたいな雰囲気。
「…………」
「…………」
　ワイワイとにぎやかな前とはちがって、ここは無言。
　朝のこともあるから、かなり気まずいな。
　その場をしのぐためだとしても、彼女宣言なんてされちゃって。
　初対面の男の子に、あんなことされて。
　青山くんは慣れてるのかな……。

あんなふうに、彼女と別れようとするくらいだもん。
結局チャラ男なんだ。
わかりやすい侑汰くんよりも、見た目でごまかされちゃう、一番厄介なパターンの人かも。
並んでるのが気まずくて、足を早めようとしたとき。
あっ……。
校門を出る手前、グラウンドの水飲み場の前でたたずむひとりの男の子の姿が目に入り、足が止まった。
……笹本くん……。
ズキッと鈍い痛みが胸を走る。
いままでは、笹本くんを見かけただけで跳びあがるくらいワクワクしていたのに。
……朋美ちゃんも昨日、こんな感じだったのかなあ。
既読がついたのに音沙汰がなかったらさみしいよね。
不安になって電話攻撃になるのもちょっと理解できた。
あたしにはそんな行動力ないけど。
既読がついたのに返事をくれないのって、やっぱり地味に傷つく。
ぼーっと笹本くんの姿を視界に入れていると。
ふと顔を向けた笹本くんと、目が合ってしまった。
やだっ、どうしようっ……。
思わずあわてて目をそらし、止まっていた足を進める。
――バクバクバクバク……。
少しうつむき加減に、その前を通り過ぎる。
ああ、もう。

やっぱり、あんなメッセージ送るんじゃなかった。
　いままでだったら、こんな場面に遭遇したら笑いあえていたのに。
　返信をもらえなかっただけで、こんなにも臆病になって、顔も見られないなんて。
　友達になる以前に戻っちゃったよ……。
「どうかした？」
「え……」
　すぐとなりに、青山くんがいた。
　とっくに先を行っていると思ったのに。
「なんか、元気ないみてえだから」
　あ……。
　もしかして、あたしを待っててくれてたの？
　前を行く４人の姿は、もうかなり小さい。
　行かなきゃ。このままじゃ置いてかれちゃう。
「う、ううん。なんでもない……」
　また笑顔を張りつけて、足を速めた。
　背後にいる笹本くんが気になって仕方ないけど……あたしのことなんて見てるわけないよね。
　同じように歩幅を速めた青山くんが、ボソッと話しかけてくる。
「なあ、侑汰が強引に誘ったみたいだけど、もしかして、カラオケとか気分じゃなかった？」
「あ、えーっと……」
　積極的な否定ができないでいると。

「実は俺も」
「え？」
「これでも一応風邪ひいてるしな。ゴホッ……」
　そうだ。青山くんは、風邪ひいてるんだ。
　昨日具合が悪くて早退したくらいだもん。
　カラオケ行って歌ってる場合じゃないよね。
　いまの咳だって、とってつけたようなものじゃなく少しつらそうだったし、昨日も具合が悪くてスマホ見れなかったくらい……。
「え、もしかして、今日はムリして学校に来たの？」
「ムリってほどでもないけど、お前のスマホ俺が持ってたわけだし、休んだら困るだろうと思って」
　自分のスマホを取り返したくて……と言わなかった青山くん。
　自己中な人……っていう概念が、少しだけ剥がれた。
「そんな……べつによかったのに……」
　笹本くんが返信をくれていないスマホなんて。
　現実を知ったいまだからそんなことが言えるわけで、ゲンキンだけど。
　ただ、ほんとに具合が悪かったなら、自分の電話にあたしのスマホからかけるなりしてなんらかのアクションをしてくれればよかったのに。
　青山くんが足を止める。
「なあ、このままバックレねぇ？」
「へっ……」

バックレるって……。
あたしも足を止めて、その意味を考える。
「あ、帰るってことね……。うん、青山くんはそうしたほうがいいよ。風邪がひどくなったら大変だし。だったらあたしも帰ろうかな」
向こうは４人でも十分楽しそうだし。
あたしが行かなくたって、盛り上がりに左右はしない。
「じゃあ杏ちゃんに……」
連絡を入れなきゃと、返してもらったばかりのスマホをブレザーからとろうとして……。
──ガシッ。
その手をつかまれた。
……え？
手のひらに、青山くんの手が重なっている。
あたしの手よりもずっと大きくて硬くて……少し熱を持った手が……。
「ひゃっ……！」
衛星中継のように、少し遅れて事態を把握したあたし。
とっさにあとずさりすると手が離れ、あたしは宙に浮かせたままの自分の手を握りしめる。
なななんでっ!?
なんで手を握ったの……!!
今朝、青山くんに肩を抱きよせられたときだっていっぱいいっぱいだった。
だけど手と手なんて、一番体温が伝わって……。

男の子と手すらつないだことのないあたしは、心臓が一気にバクバクしてくる。
　同時に、今朝のことも思い出す。
「なんだよ……」
　あたしが驚いたことに驚いたのか、青山くんは離れた手をポケットにねじこんで。
「バックレんだから、連絡なんて入れたらダメだろ」
　それから衝撃的な言葉を言う。
「俺とお前で別んとこ行くんだよ」
　え？
　どういうこと？
「帰る……んじゃないの？」
「まあ、そうだな」
　そうだな、って。
　風邪ひいてるって、いま自分で言っておきながら。
「今日帰りにどうしても行かなきゃいけないとこがあって。それでムリして来たってのもあんだよ。だから、付き合ってくれよ」
「えぇっ……？」
　つ、付き合う……!?
　朝も、朋美ちゃんの前で『付き合うことになった』なんて言われて、そんな言葉に敏感になっているあたし。
　すっとんきょうな声をあげ、警戒心からさらに２、３歩足を後退させると、青山くんはふっと鼻で軽く笑った。
　それは、はじめて見る青山くんの〝表情〟。

……こんな顔するんだ……。
　きっとバカにしたように笑ったんだけど、あたしにとっては新鮮だった。
　ムスッとしているより全然いい。
「今日妹が誕生日なんだよ。プレゼント用意してなくて、それを買うために学校来たってのもある」
「え？　妹さん？」
　妹の誕生日プレゼントを買うだなんて優しいことを言うそのギャップに、あたしは思わず聞き返した。
　だって、今朝からのイメージとだいぶちがうし。
　ぐぐっ……と、２、３歩歩みより、距離がまた近くなった彼の顔を見上げた。
「ああ。いま、小３」
「そんなに小さい妹さんがいるんだ」
　小３ってことは……９歳？
　７つも年が離れてたら、きっとかわいくて仕方ないだろうなぁ。
　プレゼントを買ってあげたい気持ちも、なんとなく理解できた。
　あたしにはお兄ちゃんしかいないし、妹がいたらよかったなぁなんてたまに思う。
　しかもそれくらい年が離れていたら、きっとすごくかわいがっちゃうだろうな。
「そうか？　うるせーだけだよ。きゃっきゃきゃっきゃ言って、サルだな、あれは」

「サ、サルって……」
　そんなこと言いながら、すごい優しい目をしている。
　きっと、優しいお兄ちゃんしてるんじゃないかな？
『修羅場にしたの、そっちだろ』
　なんて言ってきた人と、同一人物には思えないくらい。
　人を口実にして彼女と別れようとしたり、やること卑怯で自己中だなって思ってたけど……。
　話してみると、そこまで悪い人じゃない？
　不思議だけど、あたしも相手が今日初対面の男の子ってことを忘れて、普通に話せていた。
「だからさ、プレゼント選びに付き合ってもらえねえ？」
「あっ……」
　そういうことか。"付き合って"に反応しちゃって焦った自分がバカみたい。
　……って。
　あたしが青山くんの妹のプレゼント選びを？
「小学生女子の好みなんて、さっぱりわかんねえんだよ」
「えっ……」
　どうしよう。
　男の子とふたりで買い物になんて行ったことないし。
　あたしたちは今日が初対面。
　そんな人と行動をともにするなんて、ムリだよ……。
「やっぱムリか？　ゴホッ……ゴホッ……」
「だ、大丈夫……？」
　青山くんは、少しむせるように咳をする。結構つらそう。

具合が悪いのに、妹のために誕生日プレゼントを買おうと学校に出てきたんだよね。
　あたしのスマホも返してくれるために。
「……あたしで、お役に立てるなら」
　そう思ったら断るわけにもいかず、あたしはうなずいていた。

きみの価値観。

　駅までの道のりを、青山くんと並んで歩く。
　それほど広い道でもないのに車が結構通るから、となりあうあたしと青山くんは、袖が触れるほど距離が近くてドキッとする。
　さりげなく車道側を歩いてくれているのにも、男の子らしさを感じてさらにドキドキが増した。
　落ちつかない状態のまま歩き続けていると、やがて駅に着いた。

　みんなの姿はもうどこにも見えなかった。
　きっと、盛りあがった勢いであたしのことなんて忘れてカラオケ屋さんに入っちゃったんだね。
　……まぁ、いいか。
　むしろ、あまり行きたくなかったから待っててもらわなくて助かった。
「こういうとこに、それっぽいもんあんの？」
　青山くんが示したのは、駅ビル。
「うん……たぶん」
　ここにはかわいい雑貨屋さんがあるから、プレゼント選びには最適なはず。
　あたしと青山くんは、そのまま駅ビルの雑貨屋さんへ入った。

このお店には、女の子の欲しいものがたくさんそろっている。
　杏ちゃんたちと帰りに遊ぶときは、必ずと言っていいほどここに寄るんだ。
　広くて商品も充実しているし、放課後はいつも人でいっぱい。
　今日もたくさんの女の子でにぎわっていた。
　小学３年生だと、キャラクターものはそろそろ卒業する時期で、キラキラした感じの小物を持ちたくなるころかな。
　昔を思い出しながら、小学生が好きそうなコーナーを見てまわる。
「これかわいいなぁ……」
　いつも自分が立ちよるコーナーとはちがうからこそ、新鮮で楽しい。
「昔は、こういう雑貨に憧れてたっけ」
　使うにはもったいないけど、ちょっとオシャレな小瓶に入ったノリとかかわいい消しゴムとか。キラキラチャームのついた鉛筆とか。
　持っているだけでウキウキしてた。
「あっ、これもかわいい！」
　なつかしいなぁ。
　まるでとなりにいるのが杏ちゃんかのように、楽しみながらあれこれ雑貨を物色していると。
　ふいに視線を感じて、顔を横に向ける。
「…………」

すると青山くんが、そんなあたしをジッと見つめていた。
　ニコリともせず、ジッと……。
　わっ、恥ずかしいっ。つい夢中になっちゃった。
　すると、青山くんのほうが先にパッと視線をそらす。
「俺にはぜんっぜんわかんねえ。このノリって実用性あんの？」
　あたしが持っていたのは、オシャレな小瓶に入ったノリ。それの色ちがいを手に取って、首をかしげながらそんなことを言った。
「あ……この際実用性はいいの、見た目だから。こういうのって、色ちがいでそろえて机の上に飾っておくだけでもかわいくて。眺めてるだけでテンションが上がるの」
　あたしも、よくやってたし。
　きっと、女の子なら通る道は一緒だよね？
「で……この雑貨のつめ合わせをこういう箱に入れたら、開けるとき、きっとワクワクすると思う……んだけど」
　ドキドキしながら言って、ファンシー柄のボックスを手にする。
　プレゼントを選ぶときって、自分がもらったらって想像するから。
　青山くんの妹にも、喜んでもらえたらいいな。
「どう……かな……」
　見つくろった雑貨をその中にセットして差し出す。すると、青山くんはまたあたしをジッと見るから、思わず胸がドクンッと鳴った。

涼しげな目もと。
　そんな目で見られると、見つめ返しにくいな……。
　いままで、男の子と目を合わせる必要性もなかったら、こういう経験は薄いあたし。
　どうしていいかわからない。
　気まずくて、今度はあたしのほうから先にそらすと、
「任せる。じゃ、会計行ってきて。これで足りるか？」
　青山くんが、お財布から千円札を２枚抜きとって渡してきた。
「……え？　あたしが？」
「この状況でレジへ行けと？」
　青山くんはまわりに目をやる。
　どこまでも人使い荒いなぁと思いながらも見まわすと、たしかに。
　お客さんのほとんどは女の子。
　現に、青山くんはさっきから女の子にチラチラ視線を注がれてる。
　この雑貨を持ってレジに出す勇気はないかも。
　あたしは2000円を受けとると、レジへ向かいかわいらしくラッピングしてもらった。
　青山くんなら、きっとラッピングさえお願いできなかったんじゃないかな。
「こ、これでいいかな……」
「……ありがとな」
　お釣りと一緒に品物を渡すと、やっぱりぶっきらぼうだ

けど、素直にお礼を言ってくれたことにも驚きながら。
「どういたしまして。妹さん、喜んでくれるといいけど」
　もし青山くんの妹が、めちゃくちゃ大人っぽい子だったら、もしかしたら趣味に合わないかもしれない。
　大丈夫かなあ……なんて心配にもなる。
「喜ぶだろ。去年は駄菓子やって喜んでたから」
「だ、駄菓子？」
　そういう発想はなかった！
　逆に、そういうほうがよかったのかな……。
　変に気合入れすぎた？
　去年駄菓子だったのに、グレードアップしすぎた気が。
　なんて思いながらエスカレーターを降りて外へ出ると。
「ここ入ろうぜ」
　そう言って青山くんが指さすのは、通りに面したお店。
「えっ……！」
　そこは、杏ちゃんたちと1回だけ入ったことがある、オシャレでかわいらしくておいしいドーナツ屋さんのカフェだった。
『彼氏ができたら絶対デートで来るぅ〜』
　なんて杏ちゃんが妄想してて、あたしもデートにはピッタリのお店だなあなんて思っていたけど。
　そこに、ふたりで入るの!?
「ど、どうして……？」
　雑貨屋さんは妹のプレゼント買うっていう目的があったからまだいいとして、あんなところにふたりで入るのなん

て意味がわからない……。
「どうして？」
　あたしの言葉をぶっきらぼうに反すうする青山くんは、また不機嫌な顔に戻る。眉を寄せるから、切れ長の目がもっと細くなって鋭くなる。
　うっ、怖い……。
「だ、だって……」
　妹へのプレゼント選びを頼まれたのは、同じ女子だからわかるとして。
　青山くんとお茶する意味がわからないんだもん。
「つーか、お茶に誘って『どうして』とか言われたのはじめてだし」
　それって、青山くんはいろんな女の子とお茶してるってこと……？
　……だよね。
　彼女もいるし、女の子とこういうところに入るのにまったく抵抗もないんだ。
　あたしみたいに、初対面の人でも。
「お前の反応っていちいち新鮮だわ」
　青山くんは、固まるあたしの返事も待たずにカフェのドアを開けた。
　コーヒーのいい香りが、ふわっと鼻腔をかすめる。
　……それって、いい意味？　悪い意味？
　考える間もなく、青山くんの姿はカフェの中へと消えていく。

えっ……。どうしよう。
　青山くん、ひとりで入っちゃったけど。
　あたしも入らなきゃまずいよね……？
　あわててあとを追いかけると、青山くんはもうカウンターで注文をしているところ。
　どうしていいかわからず、少し離れたところにたたずんでいると、青山くんがあたしに向けて人さし指を２、３回折りまげる。
　来いって……こと？
　わけもわからず、青山くんのそばへ寄ると。
「なに飲む？」
「へっ……？」
　なにって……。
「さっきの礼。おごるから好きなもん頼んで」
　えええっ、まさかのおごり……？
　男の子とカフェに来るのがはじめてなら、おごってもらうとかも、その、はじめてで……。
　なんとなく、彼氏におごってもらったり……みたいなことへの憧れはあったけど。
　そもそも彼氏じゃないし、そんな突然のハプニングにあたしの頭の中はもう真っ白。
「えっと……」
　メニューを見ても、なにも頭に入ってこない。
　おごってくれると言われたら、余計に頼みづらいよ。
　メニューをジッと見つめるあたしに、青山くんと店員さ

ん、ふたりの視線を感じる。
　早くしろって言われているようで、余計テンパっちゃう。
　……ム、ムリッ。
「な、なんでもいい……ですっ」
　優柔不断なあたしの、いつものセリフ。
　『なんでもいい』っていうのは、すごく便利な言葉だから。
　こう言っておけば、大抵のことはスムーズに動くことを知っている。
　遊びに行く場所を決めるときも、決定権を委ねられるのは好きじゃない。
　自分の意見が言えないというより、むしろ決めてくれたほうが楽。合わせるのは苦じゃないから。
「あっそ」
　青山くんは軽く言うと、店員さんに向かってなにかを注文していた。
　そして、ほんとにお金を払ってくれて、4人がけのテーブルへ着く。
　長い脚をサラッと組んで軽くシャツの袖をまくった青山くんに、となりにいた女子高生グループが、わっと黄色い声をあげた。
　……きっと、カッコいいとか言ってるのかな。
　たしかにそんな姿はカッコよく見えるかもしれない。
　もともとイケメンなんだし。
　そんな青山くんと向かいあって座るなんて、ある意味つらい。

だからって、並んで座るのはもっとムリだけど……。
目の前に座ったあたしは、もうカチコチだ。
あたしの前には、コーヒーと、ドーナツひとつ。
向かいあった青山くんのトレーには、同じものがのっている。
優柔不断なあたしに、自分と同じものを頼んでくれたみたい。
……緊張、ハンパない。
だってだって、青山くんとは今日が初対面なんだよ？
ただでさえ、男の子とふたりで出かけたことなんてないのに。
百歩譲ってお買いものはいいとして、こんなふうにお店に入っても会話なんて見つからないよ……！
向かいあってドーナツ食べるとか、軽く拷問としか思えないし、手のひらからは、汗が噴き出している。
「……あ、ありがとうございます」
口から心臓が飛び出る前に、なんとかお礼を言った。
「借りてきた猫みてえ。雑貨選んでたときとは別人だな」
「うぅ……」
だってあれは……。
いつも行ってるお店だし、一緒にいるのが青山くんってこと、一瞬忘れかけてたし……。
とは言えず。
「ドーナツ食える？　勝手に頼んだけど」
「……うん、食べられる。……けど」

「けど?」
　言葉尻(ことばじり)をすくいあげて、のぞきこむように顔を近づけてくる。
　わわっ……。
　こんなふうに顔を近づけられたら、ドキッとしちゃうよ。
「なに?」
「……だ、大丈夫なの?　具合……」
　それも気になって。
　だって具合がよくないからカラオケに行かなかったのに、あたしとお茶してるなんて。
「用事に付き合わせたくせに、礼もせずに具合悪いから帰るような男だと思った?」
　──トクン。
　ふわっと髪をかきあげながら言ってのけた様に、胸が反応した。
「そっ、そんな……」
　サラッとそういうこと言っちゃう?
　いまの会話が聞こえていたのか、またとなりのグループからきゃっと小さく歓声(かんせい)があがる。
　イケメンの青山くんがそんなセリフを言えば、様になるよね。
　実際あんなにかわいい彼女もいるし、女子ウケがいいのはわかる。
　性格は……多々難がありそうだけど……。
「藤井さん、だよね」

コーヒーをひと口すすった青山くんが、あたしの名前を呼ぶからドキッとした。
「へっ……」
「いまさら名前確認するのもおかしいけど」
「……うん……藤井、です」
「下の名前、なんて読むの？　花に恋って。読み仮名入ってなかったけど」
　そう。
　あたしたちは、お互いのスマホのデータを勝手に見て名前を知った仲。
　青山くんは、カタカナで読みが入っていたから〝カケル〟って読めたんだ。
「かれん……です」
「花恋……か」
　確認のために呼ばれただけだけど。
　だけどっ……。
　男の子に名前を呼ばれるなんて、慣れてないから……。
　バクバクとうるさく音を立てる心臓。
　今日はいろいろはじめてづくしで、これ以上青山くんと一緒にいると、あたしの心臓もたないかもしれない。
「どうかした？」
「うっ、ううんっ……い、いただきますっ」
　だけどそんな恥ずかしいこと説明できないし、この空気から逃げるためにコーヒーに口をつけた。
「うっ……」

思わず動きが止まる。
　だって、これ。ものすごく苦いんだもん……！
　もしかして、ブラックコーヒー？
　……実はあたし、コーヒー飲めないんだ。
　なんでもいいって言ったくせに、飲めないなんて言えなくて口をつけたけど、これは苦すぎるっ。
　どうしよう。
　とりあえず、舌先にだけコーヒーをつけてゆっくりカップを戻すと。
「砂糖とか入れねぇの？　それブラックだけど」
　砂糖とミルクの入った容器が差し出される。
「あ、ありがとう」
　入れたところで、やっぱりコーヒーは苦手なんだよなあ。
　でも、せっかくだし、ムリしてでも飲もうと砂糖を手に取ると。
「もしかして、コーヒー苦手だった？」
「そ、そんなことないっ……」
　あわてて否定したけど。
　切れ長の目で見つめられて、動きが止まってしまう。
　またた。
　有無を言わさないこの目。
　青山くんのこの目にジッと見つめられたら……。
「なになら飲めんの」
「……大丈夫、コーヒー飲めっ……」
　飲めるとアピールしようと再びカップを持ちあげると青

山くんの手が伸びてきて、飲むな、と言うようにカップに軽くふたをした。
「え……?」
「なに?」
　もう、コーヒーが飲めない前提で話を進められているから、あたしの否定なんて無意味なんだろう。
　どこか責めるような口調に、あたしは観念して答えた。
「……紅茶……なら」
「そ」
　すると青山くんは席を立ってどこかへ行ってしまった。
　こ、怖かったぁ……。心臓止まるかと思ったよ。
　てっきり、
『はぁ?　ふざけんなよ。なんでもいいって言っときながらそれはねえだろ?』
　って怒られるのかと思った。
　でも、そう言われても仕方ないことをしたのはあたし。
　せっかくおごってもらったのに、飲めないものを頼ませちゃったんだから。
「ん」
　スッと、あたしの目の前になにかが置かれた。
　……え。
　伸びてきたのは、青山くんの手だった。
　その先には、湯気の立つ紅茶のカップ。
　わざわざ買いなおしに行ってくれたの?
　……あああ……ほんとにもう……。

「ご、ごめんなさい。やっぱりあたし自分で払いますっ」
「金はべつにいいんだけどさ。ハッキリ言ってくんないと、まわりが迷惑するっていうか」
　腕組みをしながら言う青山くんに、若干のいら立ちを感じとる。
　まちがってない。まちがってないけど。
　グサッときた。
　それはいま、青山くんは迷惑したってわけで。
　……そうだよね。
　お金を払ってくれたのは青山くんで、なんでもいいって言ったのはあたし。
　あたしが全部悪い。
　『なんでもいい』って言ったのに、結局なんでもよくなかったんだから。
　適当なヤツって思われたはず。
　怒ることすら面倒だったのかもしれない。
「……ごめん、なさい」
「べつに謝ってほしかったわけじゃねえけど。その性格、疲れねえ？」
「え……」
「さっきもカラオケに行きたくないなら、そうハッキリ言うことも必要なんじゃねえの？」
　あたしはポカンとして青山くんを見つめた。
　自己中だと思っていた青山くんが、あまりにも的を射たことを言うから。

そんなこと、なにも考えてなさそうなのに。
「お前って言いたいこと言えずに、ずいぶん損してんじゃねえの？」
「…………」
「俺ってなんでも顔とか態度に出すから、そういう感覚よくわかんねえけど。自分の意思くらいちゃんと伝えたら？」
　全身が、火に包まれたように熱かった。
　わかってることを諭されるって、ほんと恥ずかしい。
　そういうことが、器用にできない自分がイヤなのに。
　あたしだって、好きでこんな性格やってるわけじゃないのに……。
　青山くんは人の目を気にせず、言いたいことややりたいことを、そのときの気分でできる人なんだろうな。
　まわりにどう思われるとか考えずに。
　朝の様子を見てもすごくそう思う。
　そういうの……うらやましい。
　でも、あたしにはできない。
　合わせることに、慣れてしまっているから。
　言われたことに従っていれば、平穏にことが進むのを知っているから……。
　下を向いて、グッと唇をかみしめると。
「今朝は悪かったな、変なもん見せて」
「……っ……」
　唐突に変えられた話題は、今朝のことだった。
　ゆっくり顔を上げる。

「さっきメッセージ見たけど、あれが授業中に鬼のように送られてきてたんじゃ、没収されるわ」
「……うん」
　わかってくれたなら……いいんだけど。
「電話に出たのは……ごめんなさい」
「いいよ。夜も鬼着歴だったし、あれじゃ文句も言いたくなるな」
「あっ、文句を言いたかったわけじゃないんだけど……」
　そこは否定させてください。
「結局、朋美の剣幕に負けたんだろ？」
　目的はちがうけど、剣幕に負けたのはほんとだし、大きくうなずいた。
　いま思い出しても怖い。
　すごい迫力（はくりょく）だったし、太刀打ちなんてできないよ。
　実際朝会って、身をもって感じたし。
「あの……」
「あ？」
「今朝、彼女の前であんなこと言ってたけど、今後どうなる……の？」
　それが一番心配。
『俺さ、この子と付き合うことになったんだ』
　あんなことを言われたんだもん。
　利用されたあたしがそう聞くのは当然だよね？
「べつになにも」
「……はい？」

なにも……って。
「朋美は、ひと晩寝て起きたら忘れるタイプだから」
　え、ええっ?
　ひと晩寝て起きた結果が、今朝の事態なんですけど?
「あ、もしかしてほんとに彼女のふりするつもりでいたとか?　んなこと頼まねえから心配すんなよ」
「と、当然ですっ……!」
　な、なにそれ。
　まるで、あたしが彼女のふりをしたかったみたいな言い方……。
　するわけないじゃん!
　思わず、いつにない強気な口調でキッパリ断言する。
　青山くんが鼻で笑うような素振りを見せるから、余計に恥ずかしさがこみあげる。
　……もう、なんなの……。
「あの、余計なお世話かもしれないけど……」
　気づいたら、言ってた。
　恥ずかしさを隠すように少しとがった口調で、普通なら絶対に言えないようなことを。
「あんなふうにふざけた感じで別れるのは……どうなのかな……」
　朋美ちゃんの肩を持つわけじゃないけど、あたしだったらあんなの耐えられない。
　少なくとも、朋美ちゃんは青山くんのこと、ちゃんと好きなんだから。

付き合うときは、ちゃんと真剣に始まったんだよね？
「彼女も別れるなんて認めないって言ってたし……こんな形のまま終わった気でいるのって、どうかと……」
　こんなやり方……あんまりじゃない？
　恋人同士だったのなら、きちんと話しあわなきゃ。
　青山くんて、そんないい加減な人なの？
「もっと……誠実に……」
「……は？　……んなのお前に関係ねえだろ」
「……っ」
　冷たく放たれたひと言に。
　かぁぁっと、全身が熱くなるのを感じた。
　……関係ないよ。関係ないけど……。
　だけど、さ……。
「なにも知らないくせに」
　再び放たれた言葉。
　あたしは膝の上で、スカートをギュッと握りしめる。
　やっぱり、青山くんみたいな人、あたしと話が合うわけないんだ。
　価値観なんて、絶対に合わない。
　あたしのひと言で、空気は一変してしまった。
　青山くんは、窓の外をジッと見ている。
　口はつぐんだまま。
「あ、あたし……帰ります……」
　お財布から千円札を取り出すと、テーブルの上に置いた。
　コーヒーとドーナツ、それから紅茶のぶん。

チラッと青山くんがこっちに視線を振ったのが視界の端に映ったけど、あたしはそれを見ないようにしてお店を飛び出した。

第2章

責任取らせろ。

　翌日。
　今日も朝から空はスッキリ晴れていたけど、あたしの心はどんよりしていた。
　昨日、青山くんとなんだかイヤな別れ方をしたせいか、夜はずっと考えちゃってあまり眠れなかった。
　そのせいか、頭も痛い。
　喉(のど)も少しイガイガするから、アメが手放せない。
「花恋〜〜っっっ！」
　朝から元気だなぁ……。
　杏ちゃんの甲高(かんだか)い声が、痛い頭にちょっと響く。
　こめかみを押さえながら声のほうに顔を向けると、これ以上ないというくらいに満面の笑みの杏ちゃんがいた。
　なんとなく想像できる。
　昨日のカラオケの報告かな？
　杏ちゃんのことだから、あっという間にメガネくん……智史くんと仲よくなったんだろうな。
「聞いてよ聞いてよ。智史くんてね、すっごい歌が上手なんだよ〜」
　メガネくんをすでに名前呼びする杏ちゃんは、天真爛(てんしんらん)漫(まん)って言葉がピッタリ。
　青山くんの彼女の朋美ちゃんとはまた別の、かわいらしさがある。

杏ちゃんは〝女の子の中の女の子〟だから、この手のタイプは同性から反感を買うことが多いけど。
　杏ちゃんの場合は、あざとさがないから好感持てるし、あたしもそんな彼女がかわいくてたまらないんだ。
「もうさ、杏奈が強引に彼に歌わせるから、見てるこっちがハラハラしたわ。てか花恋、あたしひとりじゃ杏奈の面倒見きれない」
　あたしに助けを求めるように寄りかかってきた友梨ちゃんは、ものすごくお疲れの様子。
　きっと、杏ちゃんのことだから暴走しちゃったのかな。
「ちょっとぉ〜、変な言い方やめてくれない？　最後はマイク離さなかったの智史くんだからねっ」
「そうなの？」
　あのまじめそうな智史くんが、マイクを離さないなんて。
　意外だなあ。
「でもさ、杏奈、アンタわかりやすすぎるから。侑汰も笑ってたじゃん」
「えー？　あんなの普通じゃないの〜？」
「あれじゃ普通の男は引くよ？」
　杏ちゃん、智史くんへどんなアプローチしたんだろう。
　興味はあるけど、あたしには絶対マネなんてできないだろうな。
　あたしとは真逆の時間を過ごしていたらしい杏ちゃんは、昨日の楽しかった話を、延々と聞かせてくれた。
　4人で楽しめたのならそれでよかったよ。

あたしたちが行ってたら、雰囲気壊しちゃってたかもしれないし。
「ねえ、杏ちゃん。彼とはもう……」
「今朝もね、おはようって送ったら、かわいいスタンプ送られてきたの〜。ほら見て〜」
　連絡先交換したの？って聞こうとしたのに。
　そんなの、杏ちゃんにとっては息を吸うよりも簡単なことか。
　杏ちゃんは、ニコニコしながらその画面を見せてくれる。
「わぁ、ほんとだ。かわいい」
　猫が太陽とともにイラストになっているもの。
　たしかに、あのまじめそうな智史くんがそんなかわいいものを送ったとなれば、テンションが上がるのもわからなくもない。
「ギャップ萌えだよぉ〜」
　体をクネクネさせながら、そのスタンプを何度も眺める杏ちゃんは、幸せオーラに包まれている。
　……あたしも、少し前まではそうだったな。
　笹本くんからメッセージが送られてくると、何度も何度も見ちゃって。
　ひと言でも。スタンプひとつでも。
　幸せに浸ってたなぁ……。
"既読無視"。
　思い出して、まだズドンと気持ちが沈んだ。
「友梨ちゃんこそ、侑汰くんといい感じだったじゃん！」

「は？　どこが？」
「侑汰くんは、絶対に友梨ちゃんを気に入ってるよ〜」
「興味ないし」

　軽くあしらう友梨ちゃんは、ほんとに興味がないって顔。
「えー、なんでー？　侑汰に友梨。ゆうとゆうで名前まで一緒だから、ゆうゆうコンビでうまくいくと思うのになー」
「なに、その苦しいこじつけやめてよ。ああいう騒がしい男、基本的にパス」

　杏ちゃんの激しい妄想に、半ばあきれながら長い髪を涼しげにかきあげる。

　あたしも激しく賛同。

　友梨ちゃんみたいな大人な女の子には、もっと大人な男子が似合う気がする。

　チャラ男の侑汰くんには悪いけど、釣りあわないよ。
「ねえねえ、またみんなで遊びに行こうよ〜」

　杏ちゃんは、よっぽど智史くんを気に入ったみたい。

　彼のことをよく知っているわけじゃないけど、あたしもあの３人の中でなら第一印象で智史くんを選ぶかも。
「今度は花恋も絶対参加だよ！　もちろん、青山くんも誘うから！」
「えっ……？」

　その名前に、胸がドクンと跳ねた。

　誘うから……って？
「てことで、花恋は青山くんだね！」
「え？　えぇっ!?」

まさか、あたしにまでそのフリがまわってくるとは思わなくてすっとんきょうな声をあげてしまう。
　向こうもこっちも３人だからって、そんなところでまとめられても。
　向こうにだって選ぶ権利はあるし、第一、青山くんはあたしみたいなタイプ嫌いなはず。
　あたしだって苦手だし。
　杏ちゃんの恋路は応援してあげたいけど、青山くんとはもう……関わりたくない。
「笹本くんのことが引っかかる？　花恋が一生懸命(けんめい)誘ったのに、既読無視するような男のことなんて、もう忘れちゃいなよぉー！」
　そう。
　それもふたりに昨日のうちに報告していたんだ。笹本くんから返事がなかったことを。
　メッセージアプリのグループトークで、ふたりはあたしの気持ちに寄りそって、たくさん慰(なぐさ)めてくれた。
「モテると思って、調子乗ってるんだよー。さーいーあーくー」
「は、ははは……」
　あれだけグイグイ押してたくせに、杏ちゃんのこの変わりように苦笑い。
「そんなにすぐにはムリだよね？」
　大人な対応をしてくれる友梨ちゃんは、あたしの肩にそっと手をのせた。

「う……うん……」
　でも正直、笹本くんに既読無視されたことより青山くんとのあれこれのほうが、ある意味インパクトが強いんだ。いまは。
「もー笹本くんのことはいいから！　昨日花恋、ほんとは青山くんとふたりで消えちゃったんじゃなぁい〜？」
　杏ちゃんが怪しむような目を向けてくる。
「そ、そんなわけないじゃん」
　鋭すぎる杏ちゃんの言葉に、ぎくっとしながらも思いっきり否定。
　ほんとのことなんて、言えっこない。
　言ったら最後。
　どれだけひやかされることになるか……。
「だってー、花恋と青山くん、ふたりならんで後ろのほうで歩いてたし〜」
「それはっ……みんなが速いからだよっ」
「怪しいな〜」
　青山くんとふたりで消えた説を引っぱりたい杏ちゃんから逃げるように、あたしは新しいアメをポケットから取り出す。
「ゴホッ……ゴホッ……」
　頭と喉が痛いだけじゃなくて、変な咳も出てきた……。
　昨日は、青山くんと別れたあと杏ちゃんと友梨ちゃんに《少し体調が悪いから先に帰るね》とメッセージを入れたんだ。

バックレる、なんて青山くんに合わせたあたしがどうかしてたよ……。
　体調が悪いんじゃなくて、そのときは気分が悪かったんだけど。
　朝起きたら、事実になっちゃってた……。
「そうそう、具合大丈夫？」
　友梨ちゃんが、おでこに手をあててくれる。
「熱はないみたいね」
「うん。でも喉が痛くて、ちょっと体も重いの……」
　寝不足で、こんなふうになるかな。これって、風邪のひき始めの症状な気がしてたまらない。
「あ————!!」
「ちょ、杏奈うるさい！」
　突然大声をあげた杏ちゃんに、友梨ちゃんがしかめっ面。
「青山くんて、風邪ひいてたよね？」
「……う、うん……」
　ググッと迫られ、あたしはうなずく。
　それが、どうかした……？
「もしかして花恋、青山くんの風邪もらっちゃったんじゃない？」
「えっ……!!」
　固まるあたしに、友梨ちゃんもきょとんとした視線を向けてくる。
　そ、そんなこと……。
「やっぱり花恋と青山くん、昨日一緒に消えたんでしょー！

だって、昨日のあれだけの接触でうつるなら、あたしたちにうつっててもおかしくなくない？　そもそもこの時期に簡単に風邪ひかないよっ！」

　えええええっ……。

　ビックリしすぎて、なめていたアメを飲みこみそうになってしまう。

　これって……青山くんの風邪がうつったの？

　たしかに昨日、一緒に買い物に行って、お茶して……。

　青山くんとの接触は多かったけど。

「そ、そんなことないよっ。この時期だって、風邪くらいひくことあるもんっ」

　言いながらも、挙動不審になってしまう。

　そっか。青山くんは風邪ひいてたんだ。

　何度か咳もしてたし……触れた手はそういえば熱かった。もしかして、熱もあったのかもしれない……。

「まさか花恋、青山くんとキス――」
「杏奈、いい加減にしな」

　友梨ちゃんが杏ちゃんの口をふさいでくれなかったら、とんでもないセリフを聞くことになってたかも。

　杏ちゃんの想像しているようなことは、もちろんまったくないけど。

　青山くんの風邪がうつったかもと思っただけで、ボッと全身火がついたように熱くなった。

　５時間目の体育は、見学することにした。

体調はよくなるどころか、もっと悪くなっている気がしたからムリしないほうがいいかなって。
　今日は外で走り幅跳び。
　見学者のあたしも体育着に着替え、ラインを引いたり砂をならしたり手伝っていたんだけど。
　……ああ、つらい。
　目の前がクラクラしてきたから、先生に言って木陰で休ませてもらうことにした。
　頭が、ぼーっとする。
『青山くんの風邪もらっちゃったんじゃない？』
　近くでおしゃべりはしたけど。
　たったあれだけでうつるもの？
　それなら、侑汰くんや智史くんはとっくに風邪ひいてると思う。
　杏ちゃんの言うように、キスでもしなきゃあんな短時間でうつらないでしょ……。
　そのとき、雲が動いて強い太陽が顔をのぞかせた。
　今日は日差しが強いなあ。
　と、手をおでこに掲げて太陽を見上げた瞬間。
　頭の中がグワンと揺れた気がして。
　──クラッ……。
　次の瞬間、目の前が真っ暗になった。

　瞼を開くと、白い天井が目に飛びこんできた。
　ここはどこ……？

あたし、そういえば体育の授業してて……。
そっか、あのまま倒れちゃったんだ。
「ゴホッ……」
無意識に、咳が出た。
朝よりも、太くて重いもの。
これ、完全に風邪だね。
杏ちゃんの言う通り、こんな時期に風邪なんてひいたことないのに。
「起きた？」
カーテン越しに、男の人の声がした。
だけど、保健の先生じゃない。
保健の先生は女の人だし、いまのは男の子の声。大人じゃない。
だ、誰っ……？
「は、はい……」
その正体にとまどいながらもそう返事をすると、ゆっくりカーテンが開いて、見えた顔に驚いた。
「……ひっ！」
そこにいたのは青山くんで、あたしは固まってしまう。
だって、昨日の今日で気まずすぎるし。
そもそも、なぜここに青山くんが……？
ベッドに体を横たえたまま完全に動けなくなっているあたしをよそに、青山くんは近くにあったパイプ椅子を引きずってくると、どかっとまたがった。
「『ひっ』って。地味に傷つくな、その反応」

ムスッとした顔の青山くんは、イメージ通り。
　でもこれはまだ夢の続きかもしれない。
　布団の中から腕を出して、こっそりほっぺたをつねってみる。
「イタッ……」
　夢だと思って、油断して思いっきりつねっちゃったけど。
　痛いってことは、夢じゃないよね……？
「夢でも見てると思ってる？」
「え……」
　やだ、ほっぺたをつねってたとこ、見られた！
「フッ……」
　青山くんが、小さく笑った。
　無意識に出てしまったと思わせる自然な笑みには、結構強力なパンチがあった。
　無愛想で、苦手だと思った人にこうやって自然に笑われると、心が追いつかない。
　これが、杏ちゃんの言ってたギャップ萌えってやつ？
　って、バカバカ。あたし、なに考えてるんだろうっ。
　全身が燃えるように熱くなり、布団を剥いで体を起こす。
「お前、やっぱおもしれーわ」
　そう言って、青山くんはさらに白い歯をのぞかせた。
　……おもしろい？　あたしが……？
　そういえば、たしか昨日も新鮮、とか言われたっけ。
　昨日、険悪なムードのまま別れたとは思えない青山くんの振る舞い。

次会ったら文句でも言われると思っていただけに、いい意味で予想外なんだけど……。
「…………」
やっぱりうまく切り返せないあたしは、そのままこの部屋に沈黙を生み出してしまう。
こんなとき、ちょっとでも会話をつなぐことができたら。
その場を楽しくするような、気のきいた言葉を返せていたら……。
こんなんじゃ、相手だってもう冗談のひとつも言えないよね。
こんな自分が……イヤだ。
だから、笹本くんだって……。
でも、これでよかったんだ。
ふたりきりになって、会話なんて続く気がしないもん。
ふたりで帰るなんて、無謀だったんだ。
「具合、そんなにわりぃの？」
ふっと、目線と気持ちが落ちたあたしに、青山くんの声。
「あっ……ううん」
あわてて顔を上げた。
決してよくはないけど。
青山くんに気遣ってもらえるなんて少し意外で、思わず平気なふりをする。
「……あの……」
「……ん？」
「風邪……大丈夫……？」

なんとか話を切り出すあたし。
　会話が見つからないから、ここは無難に、青山くんの風邪の具合を聞くのがいいかと……。
　そう言うと、青山くんは座ったまま、グッと身を乗り出した。
　な、なに……？
　思わぬ反応に、思わず身を固くする。
「そこはさ、自分の心配したほうがいいんじゃないの？」
　このふり、失敗だった？
　で、ですよね。具合悪くて倒れたのあたしだし……。
　ああ、あたしって、とんちんかんなことしか言えない。
　ほんとダメだな……。
「俺はすっかりよくなったよ。お前にうつしたんだから当然か」
「えっ……！」
　ど、どうして青山くんまでそう思うの……？
　まるであたしの疑問がわかったかのように、青山くんは言う。
「お前の友達が俺んとこに来たんだよ。お前が風邪ひいて、体育の授業でぶっ倒れたーって」
　もしかしてそれって杏ちゃん!?
　いや、まちがいなく杏ちゃんでしょ。
　杏ちゃんってばなにを……。
「昨日、お前になにしたのって聞かれた」
「な、なにしたって……？」

まさか杏ちゃん。キスとか言ってないよね!?
　あの子なら言いかねないし……そう思っただけで、熱くなる体。
「風邪がうつるようなことでもしたのかって……」
「えっ……」
「侑汰たちにもすげえツッコまれた。俺らにうつってねえのに、どうしてお前にうつってんのかって」
　そう言って、あたしから視線をそらした青山くんの顔は少し赤くて。
　　──バクバクバクバクッ……。
　青山くん、なにを想像してる……？
「責任取って見舞いに行ってこいって言われて来てみたら、お前寝てたから」
「……あ」
　それで、青山くんがここにいたんだ。
「悪かったな。風邪ひいてる俺に無理やり付き合わせたりして」
「そ、そんな……誰のせいとか思ってないから」
「そうは言っても、俺しかいねえだろ」
「ううんっ、これは、あたしの抵抗力の問題で……」
「ぷはっ」
　吹いた……？
「あ、そうだ。これ」
　青山くんは千円札を渡してくる。
「昨日のは付き合ってもらったお礼だから、おごらせろ」

「え……？　でも……」
「いいから。それから、これも」
　しぶしぶお札を受け取ると、次に差し出されたのは私の制服とカバン。
　そういえば、まだあたしは体操着のまま。
　って。
「え、どうして青山くんが……？」
「送ってくから、着替えて」
　送ってく？　青山くんが!?
「ひとりで帰して、お前が途中でまたぶっ倒れでもしたら？」
「あああ、あのときは暑くてめまいがしただけなの。もう倒れないからひとりで帰れますっ……！」
　送られるなんて、そんなのムリムリ。
　それに、青山くんはしたくないでしょ？
　あたしを送るなんて。
「わかんねえだろ？　また倒れでもして、俺のせいとか言われたくねえし。俺がうつした風邪なんだから、責任取らせろ」
「ご、ごめんなさいっ、友達がなんて言ったから知らないけど、ほんとに大丈夫だから……」
　責任って……。杏ちゃんどんな言い方したの！
　まさか脅迫……？
「つべこべ言わずに早く着替えて」
　冷たい視線を注ぐ青山くんに、もうなにも言い返せない。

「3分。3分経ったら開けるよ？ それが困るならとっとと着替えて」
　制服とカバンをベッドの上に置き、青山くんはカーテンをすごい勢いでシャッと閉めると、その向こうに消えた。

修羅場、再び。

　３分……!?
　カーテンを開けられたら困るし、あたしはとりあえず急いで着替えを済ませた。
　スマホを確認すると、もう４時半をまわっていた。
　……ということは、６時間目が終わってから１時間近くが経過している。
　青山くん、いつから待っていてくれたんだろう。
　いくら風邪をうつしたとしても、あたしを家まで送りとどける義務なんてないのに。
　そんなに、自分のせいにされるのがイヤなの……？
「……お、お待たせしました」
　カーテンを開けると、青山くんは持てあますように保健室の備品を手に取って眺めていた。
「行くぞ」
　──ガラガラ。
　あたしに目をやることもなく、保健室の引き戸を開けた。

　ほんとに、一緒に帰るんだ。
　笹本くんとかなわなかった下校を、青山くんとともにするなんて……。
　第一、昨日のこと、怒ってないの？
『……んなのお前に関係ねえだろ』

調子に乗って、気にさわるようなこと言ったのに。
あまりに普通に接されても、調子が狂うよ……。
保健室から昇降口までは目と鼻の先。
1組と8組の靴箱は少し離れているから、それぞれのほうへ別れようとしたとき。
その声は、聞こえてきた。
「あ——！　翔———！」
ぎくっ。
忘れもしない、朋美ちゃんの声だ。
瞬間、青山くんが足を止めて、その背中は確実に〝ゲッ〟と言っている。
「探したんだからー！　靴はあるからまだいることがわかってたもん。どこにいたの？　ずっと待ってたのに！」
よく通るその声は、昇降口一帯に響きわたった。
どうやら、朋美ちゃんは昇降口で青山くんを待っていたみたい。
まだ、あたしの存在には気づいてないようだ。
……面倒なことに巻きこまれたくない。
このまま、そーっと靴を履きかえて昇降口を出ちゃおう。
と、そのとき。
「あっ……」
朋美ちゃんが小さく声をもらすから、あたしはビクッと肩を震わせた。
「あなたはっ……！」
見つかっちゃった……！

うわぁぁぁ……またタイミング悪すぎ。
　一緒のところを見られちゃうなんて。
　これじゃあ、昨日青山くんの言ったことが、その場しのぎじゃなくなってしまう。
　青山くんには好都合でも、あたしには不運すぎる。
　朝とちがい、誰もいない昇降口。
　朋美ちゃんは、声の音量を落とすこともなく、あたしに向かってきた。
「ねえ、あなたなんなの!?　あたし、あなたのこと昨日はじめて見たし！　べつにかわいくて目立ってるわけでもないあなたが翔と付き合うとか言われても意味わかんないんだけど!!」
　うっ……。
「あなたから翔に言いよったの!?　大人しそうな顔して！」
「朋美やめろ」
　朋美ちゃんの標的はあたし。
　青山くんは朋美ちゃんの腕をつかむけど、まったく耳に入れようとしない。
「あたしはまだ別れたつもりはないし、あなたは浮気相手になるんだからね！」
　ひいっ……！　う、浮気相手……？
「いいの？　略奪女ってレッテル貼られても！」
　ううっ……。
　身に覚えもない汚名を着せられて、あたしはタジタジ。
「ねえ、いつから？　いつから翔のこと好きだったの？

なんて言いよったのよ!!」
　朋美ちゃんの目は、真剣だった。
　……朋美ちゃん、それほどに青山くんが好きなんだ。
　別れたくないんだ。
　だけど、青山くんは朋美ちゃんと別れたいと思ってる。
　青山くんは、あたしが合わせることを願ってると思うけど……。
　青山くんが弁解してくれないから、逆にチャンスかもしれない。
　あたしが青山くんに合わせる義理なんてないんだから。
「あの、実は……」
　そう言った瞬間。
　——ドンッ……！
　肩をグッと押され、あたしの背中は壁についていた。
　顔の真横に青山くんの腕が伸びて、視界が影で覆われる。
　ふわっ……と、青山くんの前髪があたしのおでこをかすめると。
　唇に、やわらかくて、温かいものが、触れた。
　なに……？　なにをされてる……？
　昨日の朝みたいに、肩を抱かれるとかそんな生やさしいものじゃない。
　こ、これは……キ、キス……!?
「翔っ……!?」
　朋美ちゃんの悲鳴にも近い声が聞こえた瞬間、あたしは我に返った。

ぎゃあっっっっっ……！
　ドンッ！と、青山くんの胸を思いっきり押す。
「……っ、なんなのっ!?」
　声のしたほうに顔を向けると、朋美ちゃんは思いっきりあたしをにらみつけていた。
　声を出したくても、出せない。
　起きた衝撃に、言葉を発するのを忘れる。
　あたしと青山くんと朋美ちゃん。
　妙（みょう）なトライアングルの中に生まれる沈黙。
「さいっ……てー……」
　そのあと、朋美ちゃんは地に落とすような言葉を吐くと、わざと足を踏みならしながら昇降口を出ていった。
　はぁ……。
　否定する気力なんて残ってなかった。
　あたしは一気に力が抜けて、その場にヘナヘナと崩れ落ちる。
　あたし、青山くんにキス、されちゃったの……？
「……わりぃ」
　しゃがんだあたしを追いかけるように、青山くんもしゃがみ、あたしと目線を合わせる。
　そんな……謝られたって……。
　はじめて、だった。
　あたしにとっては、はじめての、キスだった。
　あたしは涙のたまった瞳で、青山くんに視線を注ぐ。
「……ど、どうして……」

そこまでして、朋美ちゃんと別れたいの？
　だったら、ふたりで勝手に解決してよ。
　巻きこまないでよっ……。
「わりぃ……つい……」
　青山くんは伏し目がちにつぶやいて謝るけど。
　つい……って。
　青山くんは、"つい"で、好きでもない女の子にキスしちゃうような人なの……？
　青山くんて人が、わからない。
　……そうだよね。
　買い物行ってお茶までしたけど、会ったのは昨日がはじめてなんだもん。わかんなくて当然だ。
　ぶるるるっ……。
　すると突然、寒気が襲（おそ）ってきて、武者震いするように体を震わせる。
「ゴホッ……ゴホッ……」
　たたみかけるように強い咳にも襲われて、寒いくせに体がかああっと熱くなる。
　頭はガンガン痛いし、めまいもひどい。
　いまのキスのせいなのか、風邪のせいなのかわからないけど、一気に体が重くなったのだ。
『まさか花恋、青山くんとキス――』
　こんなときに、杏ちゃんの言葉が思い出された。
　……風邪がうつったあとだけど。
　うそじゃなくなっちゃったね……。

そんなことを頭の片隅に思うあたしの思考は、もう半分飛んじゃっているのかもしれない。
「マジで大丈夫かよ」
「大丈夫っ……」
「じゃねえじゃん」
　言ったそばからふらっと体が傾き、青山くんがとっさに出した手に支えられた。
　あたしをこんなふうにした人の手を借りなきゃいけないのは、悔しいけど。
　ひとりじゃ立てないくらい、急激に体調が悪化していた。
「家に連絡するか？　それとも、教師の誰かに言って送ってもらうか？」
「……平気……バスですぐだから……」
　遠慮でもなんでもなく、家までは駅前からバスに乗って10分程度。
　迎えに来てもらったり先生に頼むより、自力で帰ったほうが早いと思ったから。
　クラクラする頭をなんとか奮いたたせ、靴箱まで向かう。
　そして、やっとの思いで靴を履きかえる。
「おい、ムリすんなって」
　先まわりして靴に履きかえた青山くんが、そんなあたしを見かねたように声をかけてくるけど。
　やめてよ。
　青山くんと一緒にいると、もっと具合が悪くなる気がするんだから。

昨日に続いて、また朋美ちゃんと別れたい口実としてあたしは利用された。
　キス、なんていう最悪な方法で。
「……ゴホッ……ゴホゴホッ……」
　考えれば考えるほど、具合が悪くなってくる。
　悔しくて、涙までにじんでくる。
「おい、マジで具合悪いんだろ？」
　にじむ涙を、具合が悪いせいだと勘ちがいする青山くんは、肩に手をのせてあたしをのぞきこんでくる。
　こうやって、ときおり添えられる大きな手のひらにわずらわしさを感じながら、あたしはただひたすらに駅を目指して歩いていく。
「ほら、まっすぐ歩けてねえし」
　ふらつくと、すぐに青山くんは手を差し出してくる。
　……やめてよ。またどこで朋美ちゃんに見られてるかわからないのに。
『俺のせいとか言われたくねえし』
　しょせん、青山くんはそれだけなんだから。
　これは優しさなんかじゃないんでしょ？
　だったらいらない。
　そんなふうに思ってまで、付き添ってくれなくていいよ。
　普段はイライラすることが少ないのに、具合が悪いのに加え、イラついてくる。
　それが悪循環でまた具合が悪くなる……。
　駅前の停留所に着くとすぐにバスが来た。

あたしが乗りこむと、あたり前のように青山くんもあとに続いてとなりに座った。
　ほんとに家までついてくるの？
　もはや、送ってもらうという感謝すべきことじゃなくて、まるでストーカーのような迷惑行為にさえ思えてくる。
　でも、やめてという気力もないくらいあたしは具合が悪かった。
　ああ……つらい……。
　ただ、座れたことでやっと体を楽にできるという安堵感が大きく、バスの揺れに誘われるように、あたしは意識を手放した。

俺が悪いのかよ。【翔side】

「おいっ……！」
　ちょ……マジかよ。
　さっきまで俺から遠ざかるようにしていた藤井が、いきなりもたれかかってきたと思ったら。
　まさか、死んでないよな……？
　俺の胸もとにガクッと頭を垂らした姿に、一気に焦る。送るとは言ったけど、まさかここでぶっ倒れるとは……。

　６時間目が終わったあと、ひとりの女が俺のクラスにやってきた。
『おー！　杏奈ちゃん！　どうしたの〜？』
　にへ〜っと頬をだらしなくゆるめた宮本侑汰とは、中学時代からの付き合い。
　また、適当な女と遊んでるのかよ。
　見た目がチャラい侑汰は、女友達は星の数ほどいる。
　でも特定の彼女は、いまはいない。
『青山くん！　ちょっといい？　花恋が大変なの！』
　用があったのは俺だったらしい。
　侑汰をかわして、俺のもとへズカズカとやってきた。
『は？』
　いかにも女子ってオーラ全開の彼女は顔に似合わず、かなり怒りモードだが……。

全然迫力はねえ。……誰だ？　コイツ。
　花恋……ってことは。
　ああ、昨日一緒にカラオケに行こうとしていた藤井の友達か。
　三浦杏奈と遠峯友梨っていったか。
　今朝から侑汰が騒いでて、カラオケの感想とともにさんざん名前を聞かされたから、イヤでも覚えてしまった。
『あ、いたいた！　杏奈ってば、ちょっとやめなさいよ！』
　三浦を止めに来たのか、遠峯もやってきた。
　背中まである、黒くて長い髪の彼女は美人系だ。
『だってぇ〜』
『だからって、いきなり押しかけてもとまどうだけじゃん』
　一気にものものしくなったこの場。
　……なんなんだよ。
　クラスメートたちの視線も痛いし、用があるなら早く言ってくれ。
『なになに〜、翔がなんかまたやらかした？』
　侑汰が俺の肩を抱く。
『またってなんだよ』
　前科があるみたいじゃねえか。
　人聞き悪いな。
　軽く言った侑汰をにらみつける。
『あのねっ、花恋、具合が悪くて体育の授業中に倒れちゃったの！』
『……は？』

それは大変かもしれねえけど、俺とどういう関係が？
　わけのわからないことをまくしたてられても困る。
『青山くんの風邪がうつったみたいなの！　昨日、花恋になにしたのっ!?』
『えっ……』
　風邪って……。
　そういえば、俺は今朝起きたらすっかり具合がよくなっていた。
　人にうつしたらよくなるなんてよく言うが……まさか。
『うわーっ、やっぱり翔、昨日花恋ちゃんとふたりで抜け駆けしたんだっ……！』
　——ドクンッ……！
　〝抜け駆け〞。侑汰の言葉に心臓が跳ねた。
　だけど、抜け駆けしたつもりもなければ、なにかした覚えもない。
『おいおい、どうなんだよ〜。花恋ちゃんになにしたんだよ〜』
『おい、苦しっ、やめろって……げほっ』
　侑汰のヤツは、容赦なく首に手を絡めてきやがる。
　マジ苦しいんだけどっ……！
『なに騒いでんだよ、全部筒抜けだぞ。翔はいいけど、藤井さんにも迷惑かかるだろ』
　調子に乗った侑汰をたしなめるのは、伊東智史。
　こういうのは、いつも智史の役目だ。
　今日もそうやって、場を静めようとしたんだろうけど。

ちょっと待てよ。
　俺はいいけど……って、よくねえだろ。
『あっ、智史くんっ！』
　とたんに声のトーンが１段跳ねあがる三浦。
　……コイツの狙いは、侑汰じゃなくて智史か？
　ちょっと意外。
『で、どうしたの？』
　智史が優しく問いかけると、三浦は髪を触りながら呼吸を整えなおす。
『えっとね。花恋、朝からずっと調子が悪かったの。咳もすごい出てて。でも、こんな時期に風邪なんてめずらしいなぁって』
　言いながら、チラチラ俺を見てくる。
『ほら、青山くん風邪ひいてたって言うし、昨日、花恋と青山くんはカラオケに来なかったから、やっぱりふたりでなにかしてて、それでうつっちゃったのかなぁって』
　なにか……って。
　なんだ……？
『どーなんだよっ！』
　４人の視線が突きささる。
『俺らにだってうつってない風邪が、簡単に花恋ちゃんにうつった原因！』
『……はあ？』
　なにを期待してんだよ。べつになにもねえし。
『マジでどうなんだ？』

智史でさえ、メガネの奥の瞳が興味津々だと訴えている。
　ああ、もうめんどくせー。
『……ったよ』
『ああ？　聞こえねー!!』
『行ったよ！　買い物に！』
　ああっ、くそっ。
『えぇぇぇ〜〜〜!!』
　三浦は、まるで奇声にも近い声をあげた。
　自分で問いかけておきながら、なんだその反応。
　ただのハッタリだったのか？
『うっそ……マジで……花恋そんなのひと言も言ってなかったのに』
　遠峯もあんぐり口を開けている。
　藤井は、なにも言ってなかったんだな。
　俺だって、冷やかされるのが面倒だから言ってなかったけど。
『だ、だよねっ……やっぱ、スマホの受け渡しだけでうつるわけないもんねっ……』
　なにを想像しているのか、顔を赤らめる三浦。
『やるな〜』
『うぜえ。買いたいもんがあったから付き合ってもらっただけだし。騒ぐことじゃねえだろ』
　侑汰もなに想像してんだ。マジでうぜえ。
『翔が？　めずらしいな。どうしたんだよ』
　興味ありげに突っこんでくる智史もめずらしいけどな。

たしかに俺は、侑汰みたいにヘラヘラと女に声をかけるタイプじゃない。
　侑汰からは『愛想がなくて冷めてるな』なんてよく言われる。
　俺は、そんなつもりはねぇんだけど……。
『で？　それからそれから？』
　なにを期待しているのか、三浦は目をクリクリ動かす。
『……っ』
『買い物行って、それから？』
　それだけじゃないってことを見透かしているコイツは、さすがだな。
『……礼ってことで、カフェに入った』
『きゃああああああ〜〜〜』
　ああ、うるせーし。
　こういうキャピキャピしたタイプの女は苦手。
　今度こそ、耳に指を突っこんだ。
　女ってのはいちいちめんどくせえな。
『翔はああいう大人しそうな子がタイプなのか〜。朋ちんとは全然タイプちがうけどな』
『うるせー、黙れアホ』
　べつにそんなんじゃねえし、ここで朋美の名前出すなっつーの。
　三浦はただきゃっきゃはしゃいでいるが、遠峯は俺を観察しているように見えるから、ヘタなことも言えねえ。
『てことでじゃあ、これは青山くんにお願いしたほうがい

いかなっ！』
　三浦は、手に持っていたカバンと制服を押しつけてきた。
『……え？』
『だなー、風邪うつした責任取って、しっかり花恋ちゃんを家まで送り届けてやれ！』
『はあ？』
　これ、藤井のなのか？
　じゃあって、どうしてそうなるんだよ。
　けれど、場の空気が俺を責めている。
『花恋によろしく～』
　そして、三浦と遠峯は教室を出ていってしまった。
　はぁ……マジかよ。
　友達が役割を放棄したからには、俺が送っていくしかなくなった。
　ほんとにひとりで帰して、また倒れでもしたらすべて俺の責任になるのだから……。

　どうしろっつんだよ……コレ。
「勘弁してくれよ……」
　自分の肩を動かしてゆすってみるが、藤井に反応はない。
　でも……俺が悪化させたのか？
　もともと具合の悪い藤井に、あんなことして。
　男に免疫なんてなさそうだし、キスなんてしたら、それだけで失神するか。
　……悪かった。悪かったと思ってるよ。

でも、俺だって朋美とはほんとに終わらせないといけないんだ……。

　俺と朋美は、本来、幼なじみという間柄なんだ。
　親同士が仲がよくて、小さいころからいつも一緒に遊んできょうだいのように育った。
　そんな朋美に、中3のとき彼氏ができた。
　塾が一緒だという、他校の男。
　しばらく付き合っていたが、実はふた股をかけられていたらしい。
　それどころか3股4股ってウワサだったが、そのことを朋美が知ったら逆切れされて振られたってオチ。
　朋美は、その男に仕返しをしたいと言ってきた。
　具体的になにかするわけじゃない。
『めちゃめちゃカッコいい彼氏ができた！』
　そう言って自慢したかったらしい。
『翔！　あたしの彼氏役やって！』
　ニセの彼氏に駆りたてられた俺は、塾のメンバーの集まりや遊びに連れていかれたりした。
『元彼よりイケメンじゃーん』なんていう社交辞令に、朋美は鼻を高くしていた。
　当時は彼女もいなかったし、幼なじみの朋美がかわいそうだと思い、俺は彼氏役を続けていた。
　ふたりでいるのは特別なことではなかったし、遊園地へ行こうと言われれば行ったし、映画を見たいと言われれば

行った。ただ、俺はそれをデートだなんて思ったことは一度もない。

当然、手もつながないしキスだってしたことない。

やがて、受験が終わり塾もやめた。俺が彼氏役をする必要はもうないだろうと思いこの役を終わらせようとしたら、朋美が待ったをかけたのだ。

そもそも『別れよう』なんて話をすること自体、おかしいんだけどな？

朋美のためにふりをしてやったのに、なんで終わらせようっていう俺の言うことを聞いてくんねーんだよ。

それもおかしな話だ。

高校に入学してからも、あまりにも朋美が食いさがるから直接言うのが面倒になって、メッセージアプリを使って別れ話をするなんて事態になり。

そんな中、スマホの取りちがえなんていう悲惨な目にあったんだ。

いい加減、面倒くさいってのもあった。

だから、藤井が電話に出て修羅場を作ったのは、ハッキリ言って俺には都合がよかった。

それを利用して、あんな荒ワザができたのだから。

『あんなふうにふざけた感じで別れるのは……どうなのかな……』

『こんな形のまま終わった気でいるのって、どうかと……』

そりゃあ。

本物のカップルが、あんな形で終わらせるのは俺だって

ナイと思う。
　朋美だからこそ、ほんとの彼女でもないからこそ、あれもアリだと思ったんだ。
　朋美の性格は知りつくしている。
　気が強くて我を通す、なかなかの面倒くさい性格だってこと。
　その上で、安易に彼氏役なんて引きうけてしまったのがバカだったと思うのも本音。
『もっと……誠実に……』
　わかってる。わかってるっつうのに。
　初対面の、大人しそうな藤井からそんなことを言われて、カチンと来たんだ。
『……は？　……んなのお前に関係ねえだろ』
　朋美ならまだしも、藤井に向けて言うのはキツかったかも、と思ったが。
　出したセリフは引っこめられずに、その態度を最後まで貫いてしまった。
　で、この状況……。
　俺にもたれかかる藤井を見てため息。
　……天罰だな。
　こんなとこでぶっ倒れられて、どうすりゃいいんだよ。
　途方に暮れかかっていたとき、藤井の生徒手帳がサブバッグのポケットに入っているのが見えた。
　きっと住所が書いてあるはずだ。
「見るからな」

寝てる藤井に断りを入れてから、最初のページを開く。
「次は夕陽丘３丁目～夕陽丘３丁目～」
　そのとき、手帳に書かれてあった住所の町名がバスの車内にアナウンスされた。
「ここか？」
　あわててボタンを押したはいいが、どうやって降りる!?
　……仕方ねえ。
　停留所に停まると、藤井のカバンを肩にかけ、藤井を抱きかかえてバスを降りた。
　……降りたのはいいが。
　歩いていたおばさんが、俺を不審な目で見て通り過ぎていく。
　だろうな。
　男子高生が寝ている女子高生を抱えてたら、そりゃあ不審に思うだろうよ。
　まるで拉致しているのかとでも言いたそうな視線から逃れるように、足を進める。
　通報される前になんとしてでも家を見つけるんだ。
　頭にインプットした住所と、電柱に書いてある番地を頼りに。
「……はぁ……はぁ……」
　額にびっしょり汗をかいて、小さく開いた口からは荒い息がもれている。
　体から伝わる体の熱さ。
　きっと、熱もあるはずだ。

俺がうつしたとなれば……やっぱり責任は感じる。
　藤井は、俺が出会ったことのないタイプの女子だ。
　カフェに誘ったくらいで、キョドって。
　そんなに俺と店に入るのがイヤなのか？と少し傷ついた。
　でもそうじゃないらしい。
　藤井はきっと、そういうのに慣れてないんだろう。
　こういうヤツが、だまされんだよ……。
　……にしても。
『なんでもいいです』
　遠慮して、人に合わせようとするくせに。
　変なところで我が強いんだな。
　全然大丈夫じゃないくせに、自分のことになると我慢(がまん)して……。
　もっと人を頼れっての。
　三浦や遠峯と仲がいいのが理解できないほど、あのふたりとはタイプがちがう気がする。
　３人でいれば、ほとんど目立たないだろう。
　スマホを取りちがえたとき、待ち受けになっていた画像を見て、俺はドキッとしたんだ。
　３人で写っていた画像の中のひとりの女に。
　ほかのふたりとはあきらかに系統のちがう、写真の中の右端で控(ひか)えめに笑う女。
　決して目立つタイプではないが、やわらかそうな笑みと瞳に目を持っていかれた。
　胸が、ドクンッて鳴ったんだ。

でも、最近の画像加工能力は詐欺(さぎ)レベルだし。

だが翌日、会って驚いた。

その画像が、加工されたものじゃないとわかったから。

……そして、スマホの持ち主〝藤井花恋〟だったってことにも。

だけどこうやって見ると、写真より実物のほうがいいかもしれねえ。

色が白く小さい鼻はスッと高くて、閉じた目もとに見えるのは、漆黒(しっこく)の長いまつ毛。

見た目にも性格的にも、とげとげしい部分のない、控えめな女子。

こういうの、癒(い)やし系っつーのか。

普段は警戒心丸出しのくせに、雑貨を選んでるときの無防備な姿のギャップを思い出し、ふいに胸がざわついた。

って俺。なに考えてんだよ。

「あらっ。藤井さんところの花恋ちゃんじゃないの?」

突然、知らないおばさんに声をかけられた。

向けられるのは、さっきと同じ不審な目。

……完全に不審者扱いだな。

藤井を知ってるなら、味方につけるしかない。

「彼女を知ってるんですか? バスの中で急に具合が悪くなって。送りとどけたいんですけど、家がわからなくて」

「あら大変! 藤井さんのお宅なら、この先の角を曲がった2軒目(けんめ)のおうちよ」

事情を説明すると、おばさんはすぐに藤井の家を教えて

くれた。
　助かった。
　頭を下げて、藤井を抱えなおして家まで向かう。
　言われた通りに進むと、表札に『藤井』という名前が書かれた家を確認した。
　インターホンを鳴らすと、すぐに家の人が出てきた。
「花恋っ!?　え!?」
　そして、俺と藤井を見比べる。
　そりゃあ驚くよな。
　グッタリした娘(むすめ)が、見ず知らずの男に抱えられて帰ってきたら。
「はじめまして。同じ高校の者で、藤井さんと偶然同じバスに乗っていたんですけど、急に具合が悪くなってしまったみたいで……」
「ええっっ？」
「近所の人に家を教えてもらって、ここまで来ました」
「そうなのっ、それはありがとうっ」
　母親の警戒心はとけたようだが、娘が倒れたという事態にオロオロするのは変わらない。
　なすすべもないように、あたふたしているから。
「あの、部屋まで運びましょうか？」
　そう声をかけた。
　玄関先(げんかんさき)に置いても、そのあと母親が部屋まで運ぶのは厳しいだろう。
　しかもかなりパニクってる。

だったら、担いでるついでにこのまま運んでしまったほうがいい。
「じゃ、2階なんだけど……いいかしらっ」
「はい」
　誘導する母親に続いて、俺も2階へ上がり藤井の部屋のベッドに彼女を下ろした。
　——スースースー……。
　目を開けることもなく、そのまま深い眠りに落ちている藤井。
「風邪……ですかね」
「そう……、昨日までは元気だったんだけど」
　ギクッ。やっぱり、完全に俺のせいじゃねえかよ。
「で、でも眠れているみたいだし、しっかり休息を取ればよくなるんじゃないでしょうか」
　確証はないが、母親を安心させるために言葉を続けた。
　この風邪と今日ぶっ倒れた原因は、俺に責任があるみたいだし。
　急激な体温の上昇はキスのせいかもしれねえ……。
「でも、少し熱は高そうです」
　抱えて体感した、彼女の体温。
　そのせいで俺もかなり汗ばんでいた。
「ありがとう。大変だったでしょ。冷たいものでも飲んでいって？」
　下へ降りると、母親がそう言って俺を引きとめる。
　藤井に似た人のよさそうな笑顔に、ついうなずいてしま

いそうになったけれど。
「いえ、結構です。当然のことをしただけですから」
「ううん、なかなかできることじゃないわよ。偶然同じバスに乗ってた子を、家まで送りとどけるなんて」
　……実際はちがうから、なんだかバツが悪いな。
「ほんとに、結構ですから」
「じゃあ、お名前だけでも……」
「すみませんっ、お邪魔しました」
　それにも答えず、俺は逃げるように家をあとにした。

この熱は、きみのせい。

　目を開けると、自分の部屋のベッドの上にいた。
　制服だったはずなのにパジャマに着替えていて、おでこには冷却(れいきゃく)シートが貼られている。
　わぁ……。
　意識がなくて目覚めたらベッドの上……を、１日に２回も体験するなんて。
　あれ。あたし、どうやってここまで帰ってきたんだろう。
　ああ、ダメ。体が、すごく熱い。
　そして、ものすごく寒い。
　熱に浮かされたあたしは、再び意識を手放した。

　次に目を開けると、夜の８時をまわっていた。
　夕方よりもだいぶ体が軽くなり、リビングへ降りていく。
「花恋っ、大丈夫？　さっきも見に行ったんだけど、よく眠ってたから」
　キッチンで洗い物をしていたお母さんが、手を止めて駆けよってくる。
「うん、寝たらだいぶよくなったよ」
「あら、すごい鼻声じゃない。こんな時期に風邪ひくなんてめずらしいわねぇ……」
「が、学校で流行ってるのっ」
　原因を詮索(せんさく)されたところで、べつにやましいことなんて

ないけど。
　なんとなく、そう言葉を濁してしまった。
　とある男の子にうつされた、なんて言ったらそのあとが面倒だもん。
「そう、ひどくならないといいけど。食欲ある？　おかゆ作ったから食べなさい。いま温めなおすから、無理してでも食べてね」
　食卓に着いたあたしの前に、しばらくして卵がゆが置かれた。
　あまり食欲はないけど……。
「その前に、熱も計ってね」
　渡された電子体温計。
　脇に入れると、10秒ほどでピピピと計測終了のアラームが鳴る。
「あ……」
　"38.3"。
　表示された体温に、顔をしかめた。
　こんなに熱、出ちゃったんだ。
　平熱も低いほうだし、38度超えたら結構体はきついはずだ。
「何度？」
「8度3分」
「少し下がったのね、帰ってきてすぐのときは39度あったんだから」
「そんなに!?」

記憶の中では、そんな高熱を出したことはない。
　よくそんなんで帰ってこられたなぁ……と思いながらおかゆを口へ運ぶ。
　食べたくないと思ったけど、ひと口食べたらおいしくてどんどん食べられた。
　食欲もあるし、きっとまた寝ればすぐに治るよね。
　でも、明日は学校休んだほうがいいかな。
　今日２回も倒れたんだもん。
　ムリしないで病院に行ってこよう。
　……でも、やっぱり気になる。
「ねえ、お母さん。あたし……どうやって帰ってきた？」
　バスを降りた覚えがないんだけど。
　あまりの高熱に、記憶が飛んじゃった……？
　すると、お母さんがニヤニヤした。
　……ん？
「ビックリしちゃった。チャイムが鳴って玄関のドアを開けたら、花恋が男の子にお姫様抱っこされてるんだもの」
「えっ……!!」
　お姫様抱っこ？
　思わず絶句。
　……それって、青山くん……？
　確認するまでもなく、青山くんしかいないよね……。
「同じ学校の子らしいんだけど、バスでたまたま一緒に乗ってたら、花恋が倒れたって」
　あ……青山くん、わざとそう言ってくれたんだ。

一緒に帰ってきたなんて言ったら、お母さんに勘ちがいされると思ったからかな。
　そう言ってくれて助かった。彼の機転に少しだけ感謝。
「家を探して連れてきてくれたのよ？」
「そう……」
「そのまま花恋の部屋まで運んでくれたんだから」
「えっ……あたしの部屋まで!?」
「そうよ。部屋まで運びますって言ってくれるから、お願いしちゃったわ。どうせお母さんひとりじゃ運べないし助かっちゃった。さすが男の子ね」
　お母さんは感心したように言うけど。
　青山くんがあたしの部屋に入ったのかと思うと、それだけでまた熱が上がりそう……。
　そもそもここまで熱が上がったのは、あのキスのせいなんだから、絶対……！
「冷たいものでも飲んでいくように勧めたんだけど、結構ですって。名前も聞いたんだけどね、教えてくれずにすぐに帰っちゃったのよ」
　……そうなんだ。
「すごくカッコよくて好青年だったわよ〜。もし学校で会ったらお礼言ってね？」
　好青年……。それはどうかと思うけど……。
　家まで探して、倒れたあたしを運んでくれるなんて、たしかにそうそうできることじゃないかもしれない。
「……って、名前もわからないし花恋も覚えてないから困っ

たわねえ……」
　お母さんは眉根を下げるとおもむろに、広告の裏にペンを走らせた。
　どうやら、似顔絵を描こうとしているみたい。
　それをぼんやり見ながら、青山くんの顔を思いうかべる。
　……ちゃんと言うよ、お礼……。
　青山くんにはとんでもないことをいっぱいされているけど、今日、彼が一緒にいてくれなかったら、あたしはどうなっていたかわからない。
　邪険にしたのに、送ると言いはってずっととなりに引っついていた青山くん。
　そのおかげで、あたしは無事に家までたどりついた。
　彼女に対しては不誠実かもしれないけど。
　具合の悪いあたしを放っておかず、家を調べて送り届けてくれた。
　それってやっぱり、いい人……なんだよね？
　途中で倒れて自分のせいにされたくない、なんて。
　そんな自己中な思いだけじゃなかったって、信じたい。
　青山くんは……ほんとはどんな人なの……？
　……わからなくて当然か。
　だって昨日はじめて会ったんだもん。
　だけど。なぜか。
　もう少し、青山くんを知りたい……そんなふうに思ったのは、熱のせいなのかな……。
　ほてった頬に、手の甲をあてる。

「できたわ。ほら、こんな男の子よ」
　渡された紙に描いてあったのは、青山くんに似ても似つかない男の子だった。

　結局そのあと熱がぶり返し……。
　３日間も学校を休むハメになってしまい、土日を挟み、学校へ行けたのは実質５日後のことだった。
　おかげで、すっかり体調は復活したけれど。
　こんなに長く休むと、学校に行くのもちょっと緊張しちゃう。
　ドキドキしながら教室へ足を踏みいれると、
「えっ……」
　なんだかいつもと様子がちがった。
　すでに登校していた杏ちゃんと友梨ちゃんが、おしゃべりしている。
　それはいつもの光景なんだけど。
　……おしゃべりの輪に、いつもいない人がいる。
　それは……智史くんと侑汰くん……!?
　しかも、違和感なくなじんでいる。
　そのふたりがいるってことは……。
　無意識に探してしまった。……青山くんの姿を。
　いない、か。
　ここにいるのは智史くんと侑汰くんの、ふたりだけ。
　仲がいいからって、女子みたいにいつも行動をともにしているわけじゃないよね。

それとも、今度はあたしの風邪が青山くんにうつって、休みとか……？
「……れん、花恋っ！」
　はっ……！　やだあたしってば……。
　ぼーっとしちゃった。
　杏ちゃんに呼ばれ手招きされて、机にカバンを置くと、おずおずとその輪に加わった。
「おはよっ！　よかったね〜、風邪治って！」
「う、うん。おかげさまでもうすっかり」
　杏ちゃんにいつものテンションで振られ、弾かれたように首を縦に下ろす。
「心配したんだから〜。3日も休むなんてよっぽどつらかったでしょ〜」
　友梨ちゃんはギュッと抱きしめてくれる。
　友梨ちゃんて感じのさわやかなシトラス系の香りがふわりとただよい、なんだか落ちつく。
「翔のヤツがほんっとごめんな？　あとでバシッと言っておくから！」
「だな、藤井さんにうつして自分はケロッと治りやがって」
「いっちばんタチ悪いよなー。3日休むってかなり重症だろ？　どんだけ強烈な風邪菌まいたんだよって話！　俺、怖いから今度翔が風邪ひいたら、半径50センチ以内に近寄るのやめとくわ」
「俺も」
　そんな中、青山くんを悪者にする侑汰くんと智史くん。

「えっと……」
　風邪がうつったのは不可抗力なわけだし、青山くんは命の恩人……とまではいかなくても、あたしを送ってくれたし、そのおかげで倒れたあたしは助けられた。
　悪いことばっかりでもない。
　……けど、余計なことは言わないでおこう。
「ねー！　でもでもっ、ふたりでおそろの風邪ひくなんてちょっとドキドキだよね〜」
　杏ちゃんの意味深発言にも、突っこむのはやめておこう。
　それにしても、あたしが休んでいる間にみんなこんなに仲よくなったの？
　もしかして、また遊びに出かけていたとか？
　状況がつかめなくて、まるで浦島太郎状態。
「あの……」
　どうしてここに、侑汰くんと智史くんがいるのかの意味で言葉を落とすと。
　杏ちゃんが、あたしの耳もとでゴニョゴニョとささやく。
「あたし、智史くんと付き合うことになったのっ」
「ほ、ほんとにっ!?」
　あたしは思わず、智史くんの顔を凝視してしまった。
　とっぴな声に、智史くんもなにを言ったのかわかったらしく、顔を赤らめる。
　うわあああ。
　あたしが休んでいる間に、そんなことになってたなんて。
　すごい、すごいよ！

「おめでとうっ！　よかったね！」
　スマホにお見舞いのメッセージはたくさん送ってくれていたのに、そんなのひと言も聞いてなかった。
「うんっ……告白したら、オッケーしてもらえて」
　杏ちゃんは、幸せオーラ全開で、頬を染めながら智史くんを見上げる。
　まさに、恋する女の子って顔。
「だったらすぐに教えてほしかったなぁ」
「具合が悪い花恋に、あたしだけ浮かれたようなメッセージ送れないでしょ？」
「こんなうれしい報告なら、逆に風邪なんか吹っ飛んじゃったかもしれないのに」
「花恋には直接言いたかったの！」
　それにしてもさすがだなぁ。
　好きになってからの行動力の早さと、そこまでに自分の魅力をアピールしきった杏ちゃんには尊敬しかない。
　メッセージひとつ送るのに、うじうじしてたあたしとは大ちがい。
「びーっくりだよね。杏奈と付き合ったら苦労するよ〜って智史くんにはさんざん言ったんだけど〜」
「ちょっとぉぉー友梨ちゃぁん!?」
　綺麗な顔して、友梨ちゃんはたまに毒を吐くんだ。
　これには智史くんも、ははは……と苦笑い。
「なー、こんなかわいい彼女ゲットしやがって！　そもそも智史に彼女ができるとか、隕石でも落ちんじゃね？」

「うるせーし」
　そんなことを言われた智史くんは、顔がもう真っ赤。
　智史くん、杏ちゃんが初カノなのかな……？
「俺より先に彼女できるとか生意気なんだよっ！」
「やめろって」
　背の高い智史くんは、羽交いじめにしようとした侑汰くんの腕をさっとかわす。
　あんまり相手にしてないところがおもしろい。ふたりのテンションがちがいすぎるところも見てて楽しい。
「そもそも、花恋ちゃんと翔のスマホが入れかわらなかったらこのカップルは成立しなかったってわけで。花恋ちゃん、智史になにかおごってもらえよ」
　──ドキンッ！
　翔って言葉に、ふいに胸が反応してしまった。
「花恋ちゃん、なにがいい？」
「へっ？」
「この際だ、なにか高いものでも」
「お前じゃないんだから。ほら、藤井さんも困ってんだろ？　まぁ……事実だからほんとになにかあったら言って？」
「いいいいっ、大丈夫です。……ふふふっ」
　ほんとにおごってくれようとする智史くんに、杏ちゃんへの本気度が見えて笑ってしまった。
「そ、そっか……」
　そんな智史くんにまなざしを注ぐ杏ちゃんの目はもうハート。

一見タイプのちがうようなカップルに見えるけど、きっと、智史くんも内に熱い想いを秘めている。
　天真爛漫な杏ちゃんがかわいくも危なっかしくて、彼が見守る。そんなかわいいカップルになるんじゃないかと思った。

はじめての青春。

　朝は杏ちゃんのお祝いをしていたら、すっかり時間が過ぎてしまった。
　ほんとは、青山くんのところにお礼を言いに行きたかったんだけど……。
　その後、授業と授業の合間の休み時間にも、ちょくちょく侑汰くんと智史くんは８組にやってきた。
　そのたびに青山くんも来たんじゃないかとドキドキしたけど、そんなことはなく……。
　青山くんはそういうの、面倒くさがりそうだよね。
　智史くんだって積極的に来るタイプに見えないし、侑汰くんに腕を引っぱられてるのかな。
　ほんとの狙いは友梨ちゃんにあるとも思われる。
　この先、友梨ちゃんと侑汰くんが付き合う……なんてことになったら、ほんとに蚊帳の外になっちゃうかも。
　ううっ……。とりあえず、お昼休みに青山くんのところへ行こう。

「おっつかれ～」
　やっぱり、というか。
　お昼休みに、また侑汰くんと智史くんが現れた。
　……もしかして、お昼も一緒に食べるの？
「木曜日からこんな感じなの」

友梨ちゃんは肩をすくめながら、お弁当を食べるスペースを確保するために机をくっつける。
「これもさ、いまだけだと思うから我慢してね。そのうち杏奈たちふたりで食べさせるから」
「あ、べつに大丈夫だよ！」
　言いながらあたしも机をくっつける。
　付き合いたてのいまはすごく楽しい時期だよね。片時も離れたくなくてお昼だって一緒に過ごしたいはず。
　男の子を交えて食べるのはちょっと緊張するけど……人数が多いほうが、きっと楽しい……よね？
　合わせた机はいつも通り３つで、杏ちゃんのとなりに智史くん、友梨ちゃんのとなりに侑汰くんが椅子だけ持ってくる。
「いただきまーす」
　あたしたちはお弁当、侑汰くんたちは購買で買ってきたパンなどを広げた。
　ふと思う。
　青山くんはひとりで食べてるのかな。
　だって、侑汰くんと智史くんがここへ来ちゃってるんだから。
　あ……でも男の子は、誰と食べるとかとくにないのかな。
　クラスの男子を見ても、自分の席で気ままに食べている人もいるし、席が離れたまま会話している人もいる。
　女の子みたいに、この子と食べてます！っていう雰囲気を出さなくてもぼっち感がないのは、男の子ならでは。

青山くんがここにいないことを誰も突っこまないってことは、きっと先週も来ていなかったからだろう。
　と、そこへ。
「おっ、翔！」
　――ドキッ。
　侑汰くんの言葉に、箸を落としそうになった。
「おめーらさ、休み時間のたびに出てくんじゃねえよ」
　突然現れた青山くんは、そんなセリフを口先で吐くと、近くの席に座った。
　そしてパンの包みをビリッと破き、大きな口で乱暴にかじる。
　……機嫌悪そう……。
　あたしからは一番遠い位置にいるけど、同じ空間にいるっていうだけで、なんだか心臓がバクバクしてきた。
　だって、先週、キス……。
　そんな相手と、そのときぶりに対面して、落ちついていられるわけない。
　思い出したらみるみるうちに顔が熱くなって、きっと赤くなっている顔を隠すようにお弁当箱と対面しておかずを口へ運ぶ。
「翔が来るなんてめずらしいな〜」
「……俺が来たらいけねーのかよ」
「いや、だって先週はいくら誘っても来なかったじゃん」
　……そうなんだ？
「あ〜、もしかして今日は花恋ちゃんがいるから〜？」

「……おい」
「……っ」
　地響きのような青山くんの声と、あたしが息をのんだのは同時だった。
「智史くんっ、このたまご焼きあたしが作ったの。結構自信作なんだっ、食べてみる〜？」
　そのとき、タイミングいいことに杏ちゃんが智史くんに向けて箸であーんなんてしだすものだから……。
　その甘い展開のほうが衝撃すぎて、侑汰くんの爆弾発言はなかったことになる。
「うわー、見せつけてくれんじゃん！」
「やだぁ、侑汰くん。そんなんじゃないってばぁ〜」
　……あぁ、ビックリした……。
　でも、先週はここにいなかった青山くん。
　どうして今日は……？
　そっか。
　やっぱり青山くんは、お昼にぼっちなのが耐えられなくて今日は追いかけてきたんだね。
　その後も。
「友梨ちゃんはどんな映画が好きなの？　やっぱり恋愛映画？　それとも青春？　俺、わりとどっちも得意だよ」
「あたしホラーが好きなの」
「ホ、ホラーっ!?　……っ、俺も〜得意得意〜。あはは、あはははっ……」
　侑汰くんは友梨ちゃんしか目に入ってないし、杏ちゃん

と智史くんはふたりの世界に入っているし。
　残されたあたしと青山くんだけが沈黙で、それもそれで居心地が悪い。
　距離が近くないから、あたしたちに会話がなくても不自然じゃないのが救いだけど……。
　顔を合わせているのに、まだお礼も言えてないなんて。
　だけど、この状況で言いにくいよ。
　できれば、ふたりのときに言いたい。
　やっぱり、休み時間に言っておくべきだったかな……。
　そんな後悔をめぐらせながらも、ダラダラと箸を運んでいると。
「飲み物買ってくる」
　パンの袋をつぶしながら席を立つ青山くん。
　えっ、もう？
　量はあたしよりもありそうだったのに、あっという間に食べ終わっていた。
　やっぱり男の子は食べるのが早いんだなぁ。
「俺はカフェオレねー」
　友梨ちゃんとのおしゃべりに忙しい侑汰くんは、青山くんを顎で使う。
「チッ……」
　舌打ちしながらそんな侑汰くんを冷やかしの目で見たあと、青山くんは教室を出ていった。
　もしかして、いまがお礼を言うチャンス？
　青山くんがひとりになったいまが。

むしろこれを逃したら、もうお礼を言うタイミングはないかもしれない。
　よしっ、行こう！
　あたしは急いでお弁当を食べ終えると、
「ト、トイレ行ってくるね」
　机の上を片づけて教室を飛び出した。

　ううっ……。見失っちゃったよ。
　8組から一番近い自販機に走っていったんだけど……どこにも青山くんの姿はなかった。
　それにしても記憶がないとはいえ、あの状況で助けてくれたのは青山くんしかいないのに……礼も言わない非常識なヤツって思われたかな。
『礼もせずに具合悪いから帰るような男だと思った？』
　……そういうこと言う人だし。
　案外礼儀とかには厳しい人なのかも。
　それならますます、意地でも青山くんを探さなきゃ……！
　そう思って別の自販機に向けて走りだすと。
　ここからは少し遠い、1組のさらに奥にある自販機の前に、青山くんはいた。
　ん……？
　青山くんは、その自販機を必死に叩いている。
　なにしてるんだろう……と様子をうかがっていると、目が合ってしまい……。
　逃げるわけにもいかず、その勢いのままスタスタと、怪

しい忍者みたいに青山くんに近寄った。
「あああああああのっ……」
　ほんとなら、あのキスの一件もあるから逃げたくてたまらないのに。
　こうして向かわなきゃいけないのは、助けてくれたから。
「先週は、その……」
「具合、もうすっかりよさそうだな」
「……っ……う、うん……おかげ……さまで……」
「急にぶっ倒れんだもん、マジで焦ったわ」
　お弁当を食べているときのような不機嫌な顔じゃなく、どこかほっとしたようなその声に、あたしも警戒心がやわらいだ。
「あのっ、どうもありがとうございましたっ。その、家までお……抱えて運んでくれたとか、すごく大変だったと思うのにっ……」
　お姫様抱っこ……なんてワードは自分から言えない。
　言いかけて言いなおし、深々と頭を下げる。
「俺と帰った記憶はちゃんとあったんだな」
「あのっ、それはっ……うん、一応……それに、お母さんが似顔絵を描いてくれて」
　そうだ。広告の裏の似顔絵を持ってきていたんだ。
　それを見せると、青山くんはプッと噴き出した。
「いやいや、これ見たらますます俺にたどりつかないでしょ」
「……それも、そうだよね」

「お前の母さん、画伯だな」
　それが褒め言葉じゃないことは知っている。
　絵心のないことを皮肉って、わざと画伯って呼ぶことがあるから。
　これじゃあもうオカメだもん。
「す、すみませんっ……」
　イケメンな青山くんを、こんな姿にしまして……。
「てか、マジウケるし」
　その絵がツボにはまったらしく、ククク と笑う。
　……あ、また笑ってる。
　素で笑っているときと、いつもの無表情の青山くんは、別人みたい。
　クシャッとゆるめた口もとは、表現があってるかわからないけどかわいくて……。
　そんなギャップに、胸がトクンという。
「お前も居心地悪くなって逃げてきたわけ？」
「え？」
「ハブられてたじゃん」
　ハブられた……？
　……あ。お昼ご飯食べてるとき？
　会話に入っていけてなかっただけで……決してハブられたつもりはないんだけどなぁ。
「さっきのあれ、俺たち完全にアウェイだったろ」
　まちがってはいない。
　そして、青山くんがあたしと同類に感じてくれていたこ

とが、ちょっとくすぐったい。
　思ってたことを共有できるのって、なんか、うれしい。
「あんな状態になるのがわかってて、俺がひとりであそこに加われるわけねーっての」
「え？」
「お前もそうなるだろうと思ったから、今日は俺も参戦してみたけど」
　……あ。
　それって、今日あたしが学校に出てきたから、あたしがぼっちにならないように青山くんが８組に食べに来てくれたってこと……？
　いまのニュアンスではそう捉えられて、なんだか胸があったかくなる。
　会話はなかったけど、青山くんがいるのといないのじゃちがった気がする。
　ひとりだったら、もっとぼっち感があったはずだから。
「ま、俺はもう８組で飯食わねーけどな」
「ええっ、そんなっ……」
「なにか？」
「いやっ……その……」
　てことは、明日からほんとにあたしハブられた状態でお昼を食べるのかな。
　１人でも仲間がいたほうが……なんて思ってしまう。
　って、ほんとにそれだけ……？
　自分の心に問いかけると、胸がジワッと熱くなる。

これって……あたし、青山くんとお昼ご飯を食べたいって思ってる……？
「なに、俺も8組で飯食ってほしいって？」
「そ、そういうわけじゃ……」
　図星すぎてしどろもどろになっていると、青山くんが腰をかがめてずいっと顔を近づけてくるから、思わず警戒してしまった。
　だって、あのときみたいなんだもん……。
　キスの記憶がよみがえって、鼓動が一段とまた速くなる。
「あ、あの……」
　ドキドキするあたしは、さっきから気になっていることがある。
「この自販機、故障中じゃないかな……？」
　話をそらすようだけど、伝えずにはいられない。
　だって、はがれかけているけど、下のほうに『故障中』の貼り紙があるから。
　ここじゃ飲み物買えないよね？
　首をかしげながら見上げたあたしに、青山くんは「えっ」と驚いたような声をもらす。
　故障していることには気づいていなかったみたい。
　けれど次の瞬間、彼は自販機をガンガンと叩き始めた。
「ちょ、ちょっと？」
　余計に壊れる、とあたしがあわてたそのとき、飲み物が落ちる音がした。
　青山くんが取り出し口に手を伸ばすと、そこからは2本

のペットボトルが出てきた。
「おっ、叩いたら直るかと思ったらほんとに出てきた。飲む？　どっちがいい？」
　差し出されたのは、ミルクティーと炭酸飲料。
　こんなことってあるの？
　あたしは驚きながらも、おずおずと手を伸ばす。
「あ、ありがとう。じゃあミルクティーがいいかな……」
　ありがとうっていうのも、変かな。
　そう思いながら、複雑な気持ちでミルクティーを手の中に収めたとき。
「あーおーやーま────‼」
　突然、太く低く、明らかに怒りがこめられた声が響いた。
「ゲッ……‼」
　引きつった顔の青山くんを確認してから声のほうを振り返ると、そこにはスマホを没収した、あの関根先生がいた。
「お前ってヤツはあ──！　自販機壊したのか！」
　どうしようっ……。先生怒ってる！
　きっと、叩いているところを見られたんだ。
「おい、逃げるぞっ」
　焦った声で言う青山くん。
「へっ？」
　あたしも⁉
「それ！」
　青山くんが指すのは、ミルクティー。
　えっ……。

これをもらったから、あたしも同罪なの!?
　そんな……。
　その間にも関根先生は、ものすごい形相でこっちに向かって走ってくる。
　でも体が重いせいなのか、速度はゆっくりだ。
「もたもたすんな、早くっ！」
　──ギュッ……。
　次の瞬間、あたしは青山くんに手を握られて、
「……っと……！」
　引っぱられるように一緒に走りだした。
　青山くんの大きい手が、いま、あたしの手をすっぽり包んでいる。
　いままで触れたことのないようながっしりした手。
　これが、男の子の手なんだ。
　わぁぁぁっ……。
　──ドクンッ……ドクンッ……。
　鼓動が大きくて速いのは、走っているからだけじゃない。
　表現しようのないスリルと興奮が、胸の中を占拠する。
　そして、握られた手に不思議な熱を感じて、なんだか胸が、すごくくすぐったかった。
　この一瞬がすごく貴重な時間に思えて、跳ねる髪の毛さえ、スローモーションのように見えて……。
　なんだか、すごく胸が熱くなったんだ。
　青山くんは、あたしの手を引いたまま階段を駆けあがる。
「大丈夫か？」

ときおり振り返り、そう声をかけてくれた。
「う、うんっ」
　切れた息で、あたしはなんとか返事をする。
　関根先生はもう追いかけてきていないみたいだけど、そのまま階段を上りきったあと、青山くんは正面に見えた扉(とびら)を開いた。
　ぱあっと差しこむ光に、目を細める。
　ついた先は、屋上だった。
「はぁっ……はぁっ……」
　手が離されて、膝に手をつくあたしの呼吸はかなり乱れている。こんなに走るなんて、体育の授業でもなかなかないよ……。
「ね、ねっ……ここ、立ち入り禁止だよっ……？」
　切れる息で問いかける。
　入る前、立ち入り禁止の札がドアノブにかけられていたのを見たんだ。それこそ、先生に見つかったらただじゃ済まない気がする。
　あたしとはちがい、ほとんど息の切れていない青山くんが、振り返る。
「まじめだな。第一、立ち入り禁止にするなら鍵(かぎ)くらいかけておけっての」
「うっ……」
　それもそうかもしれない。
　でも……ダメなものはダメだと思うんだけど……。
　そう思うあたしは、やっぱりまじめに見られるのかな。

「青山くんは、よく屋上に来るの？」
「たまになー」
　そう言って、コンクリートの上に寝そべる姿はあまりにも自然すぎて。
　しょっちゅうこうしているんだなぁと思い、クスッと笑ってしまう。
「そーいやさ、妹感激してたわ」
「妹さん？」
「誕生日プレゼント」
「あっ……！」
　そうだった。
　あたし、青山くんの妹に誕生日プレゼントを選んだんだった！
「『どうしてあたしの欲しいものがこんなにわかるの？』って、逆に怪しい目で見られたけどな」
　そう言って、ふっと笑う青山くん。
　そんな自然な笑顔……お兄ちゃんの顔になっている青山くんに、ちょっと胸がドキドキした。
「そ、そうだったんだ。喜んでもらえてよかった」
「妹の喜ぶ顔が見られてよかったわ」
「……うん、あたしもうれしい。選んだかいがあったな」
　頬を上げて、喜びをかみしめる。
　あたしのセンスでなんてどうかと思ったけど、やっぱり青山くんの妹も、普通の小学３年生だったみたい。
　それに……青山くんにも喜んでもらえてよかった。

「寝てみたら？」
「へっ!?　あっ、あたしはっ……いいよっ……」
　そんなお誘いに、あたしはあたふた。
　手を振って、首もぶんぶん振る。
「気持ちいーのに」
　手を頭の後ろで組みながら注がれる流し目に、またドキッとした。
　太陽の光が反射して、ミルクティー色の髪の毛が透けて見えた。
「で、でもっ……」
　あたし、スカートだし、中にジャージを履いてるわけでもないし。
　ふと、さっきの感覚を思い出す。
　青山くんとふたり、関根先生から逃げて走ったときのことを。
　なんだか、すごく気持ちよかった。
　……このドキドキには、中毒性があるのかもしれない。
　……あたしも、寝転がってみようかな。
　なぜか急にそんな気持ちになって。
「じゃ、じゃあ……お邪魔します……」
　青山くんのとなりに並ぶように、ごろんと体を横たえた。
　目に映ったのは、青い空に白い雲。
　大きく広がるわた雲が、風に乗って左から右へと流れていた。
「わあ〜……」

空をこんな真下からじっくり見たことなんて、いままでにないかもしれない。
目に映るのものが青と白しかない世界なんて、はじめて。
日々のことがすべてちっぽけに思えそうな世界が、そこには広がっていた。
悪くいえば自己中。よくいえば自由で気まま。
青山くんがそんな人柄なのも、日ごろから、ゆとりを持っているからなのかな。
羽目を外すこともなく、流されるだけのあたしなんかとは大ちがい。
そよそよと流れる気持ちのいい風を感じながら、目を閉じた。
視覚が遮断(しゃだん)されたぶん、感性が研ぎすまされる。
……青春って、こういうことなのかな。
立ち入り禁止の屋上に来ちゃうなんて、考えられなかったし。
男の子と一緒に先生から逃げるなんて、もっと考えられなかった。
だけどスリルがあって、なんだかワクワクした。
そんな、非日常的な出来事こそが。
いまの一瞬、この一瞬が。
青春なのかな……って。
青春なんて、あらたまって感じるものじゃないかもしれないけど。
いま、あたしはたしかにそう感じたんだ。

青山くんといると不思議と居心地よくて、世界がちがって見える。世界が変わる。
　大げさだけど、そんなふうに感じたの。
「俺このままサボるけど、お前もサボる？」
　とても素敵なお誘いが耳に届いて。
「……そうしよっかな」
　ポツリと口先でもらすと。
「ええっ？」
　青山くんがすごい勢いで起きあがったから驚いた。
　……なにか？
「それ、マジで言ってんの？」
「あー……」
　あたしも起きあがる。
　なんとなく、流れで言っちゃったけど。
「やっぱり……ムリかな」
　サボる勇気なんて、あたしにはないや。
「まさか同意するわけないと思って言ってみただけ。サボりにまで付き合わせるのは、さすがにナイな」
「だよね、へへへっ」
　心が解放的になっていたせいで、サボるということの重大さが麻痺（まひ）しちゃっていたのかも。
　でもそれってすごい気持ちの変化かもしれない。
　そんな自分の変化に驚いていると、ふいに頭上にやわらかいものがのせられた。
「ま、そういうまじめなとこ、嫌いじゃないけど」

……それは、青山くんの手。
　ポンポンと、優しく２回下ろされる。
　――ドキッ。
　驚いて目を見張るあたしに、微笑む青山くん。
　そんな笑顔にも、ドキドキが増していく。
　……こんな顔して笑うんだ。
　それからお昼休みが終わって教室へ戻るまで、あたしの胸はドキドキしっぱなしだった。

第3章

放課後のひみつ。

　それから数日が経ち。
　友梨ちゃんが言っていたように、杏ちゃんは智史くんとふたりでお昼を食べるようになった。
　毎日じゃなくて、週に２回程度だけど。
　だから侑汰くんが８組でお弁当を食べる理由もなくなって、青山くんに会う機会も、少なくなっていた。

　放課後、図書委員会に入っているあたしに緊急招集がかかった。
　メモ帳とペンケースを持って図書室に向かう足取りは重い。だって、笹本くんも図書委員だから……。
　あれ以来、気まずくて２組には近寄れないし、廊下で発見したときは思わず身を隠しちゃうんだ。
　笹本くんから、そのあとメッセージが送られてくることはなかった。
　〝おはよう〟や〝おやすみ〟、そんな単純なやり取りさえできなくなっちゃった。
　あたしがあんなメッセージを送ったから。
　でも、そんなにダメな内容だった……？
　一緒に帰ろう……ただ、それだけなのに。
　はぁ……。とにかく。
　これって……失恋なんだよね。

告白する前に、失恋しちゃうなんて。
どうして、杏ちゃんみたいにうまくいかないんだろう。

「前にプリントでも知らせたが、図書室の改装工事を行うことになった。工事期間は2ヶ月。そこで図書室の本を、旧校舎の図書室へ移したいんだが、図書委員に手伝ってほしい」
　委員会が始まり、図書委員担当の仙石先生がそう言うと、いっせいにブーイングがわきおこった。
「はぁ？　マジで？」
「え——、ちょーめんどーい」
　うわぁ……大変そう。
　この校舎の端、鍵のかけられた扉の向こうに渡り廊下があり、その先が旧校舎。
　旧校舎の1階と2階には専科の教室があるため出入りすることがあるけど、図書室には行ったことがない。
　どこにあるかも知らないや。
「旧校舎の図書室も同じ4階だから、それほど大変じゃないだろう」
　いやいや、結構大変だと思うけど……。
　これで階がちがったら、絶対にムリって話だし。
　ほかの子も、近くの人たちと顔を見合わせながら文句を言っている。
　その中に、笹本くんの姿はない。
　今日は体調不良でお休みをしていると、2組の女子の図

書委員の子が話していた。
　それを聞いて、どれだけホッとしたか……。
　ここへ来るまでの緊張が、うそのようにとけていく。
　でも、ひとつ驚いたことがあった。
　１組の図書委員が、青山くんだったんだ。
　４月に１度集まりはあったけど、まったく記憶になかったよ……。
　あたしに気づいているのかわからないけど、目も合わないし、話しかけてもこない。
　青山くんの姿を見たときから、ドキドキしていたのに。
　あたしばっかりチラッチラ見ちゃって。
　それでも目も合わないなんて……。
　……ちょっと、寂しいな。
「４日間だけだ、作業は明日からを予定している。放課後のほんの１時間程度だから協力してくれ」
「だってもうテスト前じゃーん」
「ありえないっすよー」
　ほんとだ。
　その４日間が終わったらテストまで１週間しかない。
　どうしてこんなスケジュールになっちゃったんだろう。
「だから全員じゃない。各学年、男女１人ずつお願いしたいんだ」
　仙石先生は、ほんとに申し訳なさそうな顔でみんなに告げる。
　だけどそんな期間に、誰もやりたくないよね。

しかも、学年で女子ひとりならなおさら。
「どうするー?」
「あたし、部活の大会近いし絶対ムリだよー」
「あたしもあたしも! 部活に遅れたら先輩に怒られちゃうもん」
「じゃあ部活やってない人優先で選ばない?」
　なんて声があがり、あたしは焦る。
　女子のほとんどは部活をやっているっぽいけど、あたしはなにも……やってない。
「藤井さん、部活やってなかったよね?」
　ギクッ。ばれてるしっ……。
「えっ……う、うん」
「それに、一番図書委員っぽいし、適任じゃない?」
　そう言ったのは派手なメイクの子で、たしかに趣味が読書ですって感じではないけど。
　あたしだって、本が好きで立候補したわけじゃなくて、消去法っていうか……。
　なにか委員会には入ろうと思ったけど、人前でなにかをするとかじゃないし、楽そうだと思ったから。
　それに、今回の作業は図書委員っぽいとかそういうの関係ないよね!?
「だねー、あたし藤井さん推薦しまーす」
　えっ!? 推薦制?
「あたしもー。いつもまじめに仕事をこなしてるし、本のこともよく把握してるし。あたし、部活やってないけど、

テスト前めちゃ勉強しないとまずいの。藤井さんなら頭よさそうだし、余裕もあるんじゃない？」
「だねだねっ！　あたしもそう思う！」
　みんなここぞとばかりに、意見を合わせていく。
　勝手な憶測で、あたしを美化して……。
「あ、あのっ……あたしも勉強には余裕ない──」
「どう？　藤井さんやってくれる？」
「え……」
「みんな、部活４日間も休めないんだ」
「……あ。……う、うん……じゃあ……」
　そんな言われ方されちゃったら、できないなんて言えないよ……。
「決まりっ！　仙石先生ー、１年女子決まりましたー！」
　あっという間に、あたしが作業係になってしまった。
　いや、と言えない性格は相変わらず。
　お人よしなのも、相変わらず。
　この間、先生から逃げるなんて解放的な経験をしたのに、結局あたしの世界は広がってなんかいなかったんだ。
　イヤって言えない自分に肩を落とす。
　気が重たいまま委員会は終了した。

「えー、それで花恋がやることになったのぉー？」
「それって完全な押しつけじゃん」
「もー、花恋ってばお人よしなんだからっ！」
　昨日の委員会の話をふたりに伝えると、あたり前の反応

が返ってきた。
　そうだよね、これって押しつけられたんだよね……。
　わかってるけど、あらためて言われると心がズキズキ痛んだ。
　でも、係になったからにはちゃんとお仕事やりこなそう。
「けどさ、笹本くんも一緒なんて……。ちょっと微妙だよねえ……」
　杏ちゃんが眉を寄せる。
　そう。
　男子はなんと、休んでいた笹本くんが担当になった。
　あたしは大ピンチ。
　笹本くんとだけは絶対に避けたいと思っていたのに。
「男子も薄情だよね」
　友梨ちゃんの言う通り、それも結局押しつけだ。
　休んでいて、ノーと言えないのをいいことに。
「青山くんも委員だったなら、一緒にやってくれてもよかったのに。友達なんだから」
「それはまた話がちがうよ……」
　青山くんがやる義理はないよね。
　誰だって逃れたいはず。
　それに、青山くんはあたしのことを友達だなんて、思ってないよ……。
　侑汰くんや智史くんは、廊下で会ったりすると手を振ってくれるけど、青山くんに限ってはそんなことはない。
　委員会でも、目も合わなかったし、声すらかけられなかっ

たんだから。
　あたしなんて、友達の彼女の友達……なだけで、青山くんの友達でもなんでもないんだよ。
　ひとりでドキドキして、バカみたい。
　いつかのお昼。屋上で笑いあったのは、幻だったのかな。

　放課後。
　図書室の扉を開けると、もう先輩たちは集合していた。
　そのほかにも仙石先生のクラスの生徒なのか、10人くらい先輩がいた。
　やばい、遅れちゃった……！
　あわててその輪の中にちょこんと加わる。
　メンバーを見渡してみたけど、笹本くんはまだ来ていないみたい。ほっ。
　これだけ人数がいれば、一緒に作業するとかはないだろうし、なんとかやりこなそう。
「よしっ、これで全員か？　じゃあ作業方法を説明するからなー」
　笹本くんが来てません……とは言えず、プリントが渡され、作業分担や内容が説明されていた最中。
「遅れました」
　そんなボソッとした声で、男子生徒が入ってきた。
　わっ……笹本くんが来た!?
　そう思って身を縮めながら、ドアのほうに顔を向けたあたしの目に入ったのは。

……え？
「青山遅いじゃないかー、ほら、早くこっちへ来い」
　青山くんだった。
　どうして!?　1年男子は、笹本くんじゃないの？
　今日ここで青山くんに会うとは思っていなくて。
　心の準備……なんて必要ないくせに、なぜだかあたしの心臓は、強く速く鼓動を打ち始めた。

　作業が始まり、あたしは棚(たな)から下ろされた本を台車で旧校舎まで運ぶ係になった。
　青山くんは少し遠いところで別の作業をしている。
「じゃあまず1便で、藤井行ってきてくれ。ジャンル別に札は立ってるから、そのコーナーに端から入れてくれればいい」
「はい」
「これ、渡り廊下の鍵だからな。なくさないように」
　同時に鍵も渡される。
　台車には本が山積みだけど、押して運ぶだけなら楽そう。
　向こうでひとりで黙々と作業できるなら、そのほうがありがたい。
　先輩たちはきゃっきゃとおしゃべりしながら作業しているけど、あたしは話す相手もいないから。
　たくさんの本が積まれた台車。
　廊下をガラガラ押して歩く。
「よいしょ……っと」

押していくだけだ思ったけど、結構腕に力が必要かも。
　しばらく押していくと、旧校舎との境の渡り廊下前にたどりついた。
　渡り廊下はガラス扉で仕切られていて、その先の旧校舎が見えている。
　ううっ……。
　旧校舎の１階や２階は行きなれているけど、４階は使われていないため、なんだか薄暗い雰囲気があって怖い。
　この奥に、図書室があるんだろうけど……。
　なんだか不気味。
　どうしよう。
　振り返っても、もちろん誰もいない。
　……仕方ないよね。
　鍵を開けて扉を押すと、ほこりっぽい空気がもわっと流れてきた。
「……っしょっと」
　台車を押しながら渡り廊下を通り、その先の扉の鍵をもう１回開ける。
　扉を開けて完全に旧校舎へ入ると、背後でバタンッと扉が閉まった。
　ハッ。
　その瞬間、とてつもない怖さに襲われた。
　旧校舎に隔離(かくり)されてしまったような気分。
　……別の世界に来ちゃったみたい。
　これでさらに図書室に行け……と？

少し先に『図書室』というプレートも見えるけど、薄暗いし、まるでお化け屋敷の入り口みたい。
　うう……。
　いまから引き返して、誰か呼んできたい……。
　こんな怖いなんて思ってなかったよ。
　台車に手をかけたまま、止まってしまう。
　その手のひらにも、汗がじんわり浮かんできた。
「もたもたしてんなよ」
　すると突然声が聞こえて、台車に誰かの手がかかった。
「きゃっ！　……あっ！」
　そこに現れたのは青山くんで、涼しい顔して台車を押していく。
「なに驚いてんの」
「だ、だって……」
　驚くよね、普通。だって急に現れるんだもん。
「つーか、なにしてたんだよ、突っ立ったまま」
「ちょっと……ここ、気味悪くて怖くて……」
　正直に言うと、
「んなことだろうと思った」
　青山くんはかすかに笑った。
　──ドキッ。
「ど……どうして青山くんが？」
　青山くんは、別のところで作業してたはず。
　そのときちょうど、図書室の前に着いた。
「しょうがねえから、一緒に行ってやるよ」

あたしを一度チラッと見下ろしてから、お化け屋敷の入り口……ちがう、図書室の扉を開けた。
──トクンッ。
一緒にって……。あたしのために……？
口調は優しいとは言えないけど、まちがいなくその優しい行為に、胸が高鳴った。
あたしがひとりでここへ来たのを知ってたの……？
それで……様子を見に来てくれた……とか？
そうとしか考えられない行為に、また胸がくすぐったくなる。
あたし、青山くんといると、胸がくすぐったくなることが多いよ。
これって、なんなんだろう……。
突然わきあがる不可思議な感情の意味を、自分で理解できない。
「わっ、まずこれ窓開けなきゃやべえレベルだな」
図書室の中は、もっとほこりっぽかった。
しばらく人の出入りもなければ、空気の循環もなかったんだろう。
長年使われていなかった図書室は、かなり湿気を含んだ独特なにおいがした。
ふたりで端から順番に窓を開けていく。
これ、ひとりじゃ絶対に入れなかったな。
「ありがとう」
窓を開けながら、青山くんにお礼を言う。

「あの……どうして青山くんが作業に入ってるの？　1年男子は……別の人だったはずじゃ……」
　なんとなく、笹本くんの名前は濁してしまった。
「てかさ、お前も押しつけられてんじゃねえよ。イヤだったらイヤってハッキリ言ったら？」
　流し目が注がれて、押し黙ってしまった。
　あのときの会話、全部聞こえてたの？
　男女別々で話し合いをしていたけど……きっと、青山くんは一部始終見てたんだ。
　以前カフェで指摘されたことをまた諭されるなんて、恥ずかしいなんてものじゃない。
「で、でも……誰かがやらなきゃいけないし、部活がある人はほんとに大変そうだし……」
「そんなの逃れるための言い訳に決まってんだろ？　部活だって言ってた図書委員の女子、とっくに帰ってたぜ？」
「ほんとにっ!?」
「お人よしなのもほどほどにしたら？」
　はぁ……。だよね。
　言い返す気力もなかった。
　あたしだって、早く帰ってテスト勉強しなきゃなのに。
　やっぱりこんなことしてる場合じゃなかったかも。
　しかもこれが4日間続くなんて……！
「俺は……休みのヤツに押しつけたけど、やっぱそれじゃあんまりだと思ったからさ」
「え……」

青山くんが絶対に言わなそうなことを言うから、びっくりしてしまう。
「なにその目。俺が一番やらなそうって目してるけど」
「えぇっ……！　そ、そんなことないよっ」
　どんな目で見てたかわからないけど、言われたことは正解で、きっと心のまま顔に出てたのかも。
　苦しいけど一応否定してみた。
　そんなあたしに嫌悪の目を見せることなく、ふっと軽い笑みをまた見せるから。
　──トクンッ。
　青山くんの笑顔を見るたび、あたしの心は反応しちゃう。
　それを必死で隠す。
「自分で、やりますって言ったの……？」
「ああ」
「ど、どうして？」
　まず、図書委員をしていること自体驚きなのに。
「んなのどうだっていいだろ。早くやろうぜ」
　青山くんはその先を濁すと、積まれた本を本棚に移していく。
　そんな青山くんの顔はなぜか耳まで真っ赤で。
　それ以上聞いちゃいけないような気がして、あたしも手を動かした。

　約束通り１時間で、作業は終わった。
「お疲れ様。明日も頼むな。手伝ってくれたごほうびに、

特別に図書室を6時半まで開放するから、テスト勉強やりたいヤツはここ使っていいぞー」

　ニヤリと笑って言う仙石先生に、
「それってごほうびでもなんでもねーじゃん！」
　と先輩たちはガッカリ。それはあたしも同じ。
　この流れで、ここに残って勉強したい人はいないよね。
　帰ろう……。
　そう思ってカバンを手にすると。
「なあ、英語得意？」
　突然、青山くんにそんな言葉を投げられた。
「英語？　……うん、苦手では……ないかな」
「それ、めちゃくちゃ得意って解釈でまちがいないな、お前の場合」
　たしかに、主要5教科の中では一番得意。
　小学生のときから英語教室に通っていたおかげで、すでに英検2級を持っている。
　あたしの言葉の裏を見抜くなんて、すごいな。
「ここ開放されてるっていうし、英語教えてくんねえ？」
「あ、あたしがっ？」
「俺、英語さっぱりなんだよ」
　そう言う青山くんは、ほんとにヤバそうな顔をしている。
「あたし、教えるのはほんと苦手で……」
「それはうそじゃなさそうだな。でもヘタとかうまいとか期待してないし。ただ、要点だけを教えてくれればいいんだよ」

あたしにできるかな……。
　自信はないけど、やっぱりノーとは言えず、あたしと青山くんは図書室に残った。
　先生のありがたい提案を受けた生徒はほかに誰もおらず、ここにはあたしたちだけ。
　となりあって、英語の教科書やテキストを広げる。
「この文法の使い方が、時と場合によってちがうのはなんでだよ！」
「あ、これはね……」
　青山くん、基礎(きそ)ができてないみたい。
　一から、丁寧(ていねい)に教えていく。
「へー、教えるのへたとか言っときながらうまいじゃん」
　褒められて、また体がくすぐったくなってくる。
「あ、青山くんだってのみこみいいじゃん……」
　恥ずかしくて、そんな言葉を返した。
　それはほんとのことで、青山くんは、この短時間でかなり理解してくれた。
　確認問題をやってもらったら、ほとんどできていたし。
　もともと頭がいいんだと思う。
「あー、疲れた───！」
　青山くんが伸びをする。
　肉体労働をしてそのあと勉強したんじゃ、そりゃ疲れるよね。
「お疲れ様。わっ、もうすぐ６時半！　帰らないと」
　壁にかけられた時計を見て驚く。

ここを使っていいのは6時半までだし。
　あわてて机の上に散らばったペンを片づけていると、
「いちいちまじめだな。べつに少しくらい過ぎたってどーってことないだろ」
　青山くんは、ははっと笑って、あくびをした。
「だ、だって……」
　青山くんは、あたしを〝まじめ〟とか言いすぎる。
　それって悪いこと？
　バカにされてる感が否めなくて、なんか釈然としない。
　それでも、やっぱりもうすぐここを出ないといけないし、帰り支度を進めていると。
「朋美とは、ちゃんと別れたよ」
　突然放たれた言葉に、思わず手が止まる。
　彼女さんと……別れた……。
「実はさ……」
　青山くんが、ポツリと話しだす。
　その話は、思ってもいない内容だった。
　朋美ちゃんは幼なじみで、ほんとの彼氏ではなくて、朋美ちゃんのために彼氏のふりをしていた……と。
「そ、そうだったの？」
　なのにあたし。
『あんなふうにふざけた感じで別れるのは……どうなのかな……』
　生意気なこと言っちゃった。
　あとあたし、なに言った……？

全部消去したいくらい恥ずかしくてたまらない。
『なにも知らないくせに』
　そう言った青山くんの言葉は、決してイジワルでもなんでもなかったんだ。
「……あのときは……ごめんなさい。事情も知らず生意気言って」
　ギュッと目をつむって、頭を下げる。
　ああもう。穴があったら入りたいよ……。
「べつにいい。あのときはたしかにカチンときたけど、まともに考えたらそうだな」
　いつになくまじめな青山くんの声。
「そんないい加減なヤツ、俺だってごめんだ」
　ゆっくり頭を上げると、真剣な目をした青山くんがいた。
　まっすぐな瞳に、ドキッとする。
　価値観が合わない、ちょっとズレてる。
　そう思ってたけど。
　やっぱり、常識的に物事を考えられる人なんだ。
　屋上で一緒に笑いあった、あの青山くんだ。
　幼なじみの朋美ちゃんを助けるために、彼氏のふりまでしたんだから。
　青山くんは優しい人。
　今日、あたしに見せてくれた優しさ、これがほんとの青山くんなんだ……。
　そう思ったら、すごくうれしくなった。
「お前とのことも、うそだってちゃんと話した」

「えっ」
「関係ねーって、言っといたから」
　——ズキッ。
　なぜか、心の中で鈍い音がした。
　付き合うことになったって話を訂正(ていせい)してくれた。
　それを望んでいたはずなのに、あたしとの関わりを断ちきられたような感覚に陥(おちい)って……。
「今日はサンキュ。明日もまた頼める？」
「うっ、うん」
　明日も青山くんと一緒に作業ができて、そのあとここで勉強もできるんだ。
　……たったいま沈んだ気持ちがすぐに上がって、胸がワクワクする。
　早く明日が来ないかな。
　まだ今日が終わっていないのに、もう明日を楽しみにしているあたしがいた。

信じたくない事実。

「友梨ちゃあああああん！」
　３人で教室移動のために廊下を歩いていると、どこからともなくテンションの高い声が聞こえた。
　──ドキッ。
　あたしの胸が跳ねたのは、この声が侑汰くんのものだとわかったから。
　べつに、侑汰くんにドキッとしたんじゃなくて、もれなく青山くんが一緒にいるのを知ってるから。
　振りむくと案の定、侑汰くんが手を思いっきり振っているとなりには、青山くんの姿。
「大きな声で呼ばないでっていつも言ってるでしょ。恥ずかしいの」
「ごめんごめんー、でも友梨ちゃん見つけると、うれしくなっちゃうんだよ〜」
　友梨ちゃんにまとわりつく侑汰くんは、そんな塩対応にもまったくめげる気配はない。
　まっすぐすぎるアプローチ。
　友梨ちゃんは迷惑がっているけど、あたしにはうらやましい。
　こんなふうに誰かに想ってもらえるなんて……。
「ねぇねぇ智史くんっ」
　もちろん、杏ちゃんは智史くんのもとへ。

まるで子犬のように飛びつく。
「ん？　どした？」
　ここはここで、幸せそうでいいなぁ。
　思った通り、智史くんはこんな杏ちゃんがかわいくて仕方ないらしく、いつも優しいまなざしで杏ちゃんの話を聞いてあげている。
　あぁ……。こんなとき、あたしはまたあのお昼みたいに、青山くんの言うところの〝ハブられ状態〞になるんだよね。
　青山くんはいつもこんなとき『先行ってる』と、ひとりでスタスタ行ってしまうし。
　なのに今日は、
「よっ」
　足を止めた青山くんが、あたしのとなりに並んだ。
　……え？
　声をかけてくれた青山くんを驚いて見上げる。
　いままではこんな場面に遭遇しても、あたしなんて眼中にもなかったのに。
　いつもとちがう親しげな態度にあたしはとまどう。
「……あ、ど、どうも」
「なんだよそれ」
　よそよそしいあいさつに、青山くんが笑う。
　だって、急に話しかけられてビックリしたんだもん。
「今日も頼むな」
「あ、うん」
　英語のことだとわかり、うなずくあたしは自然と頬が上

がった。
　図書室での作業２日目からは、青山くんと一緒に旧校舎で作業をしている。
　終わってからは、図書室で青山くんに英語を教える……というのが流れ。
　最終日の今日も、また一緒に勉強できるんだと思うと胸が弾む。
「今日もあちーなー」
　窓の外を照りつけている太陽に目を細めて、青山くんはえりもとを引っぱって風を送りこみながら、反対の手で髪をかきあげた。
　まぶしい横顔。
　鎖骨(さこつ)のラインが色っぽくて、ドキドキした。
「藤井って日焼けしない系？」
「えっ？」
　その顔をこっちに振られ、あたしはあわててパッと目を見開く。
　無防備な視線が、あたしを捉えていた。
「色白だから。夏でも焼けねーのかなって」
「う、うん、しない……かな。でも、赤くなるから痛いんだ」
「へー、それも大変そうだな。俺は黒くなってむけて終わり」
「わっ、むけるのって痛そう」
「皮むけんのは痛くねーよ」
　青山くんが笑う。
　こんな他愛もない会話ができてるなんて、不思議。

男の子と話すなんて苦手中の苦手だったのに、むしろ青山くんと話していると心が落ちつく。
　そして、楽しい。
　青山くんみたいな人に、あたしなんか相手にしてもらえないと思ってたのに。
　あたしは、〝友達の彼女の友達〟から、青山くん自身の友達へ昇格できたのかな。
　それを素直にうれしい……なんて思ったり。
「俺、次セッキーの授業なんだよ。眠れねーし」
「うわぁぁ。あたしは英語」
「いーなー、寝るで決定じゃん。変わってくれよ」
「英語寝てるの？　ダメだよ、せっかく理解できるようになったんだから」
「はいはい」
　ほら、こんなふうに。
　青山くんは、スマホの取りちがえがなかったら、絶対に関わりなんて持たなかったはずの人。
　青山くんと知りあってから、あたしありえないことばかり経験してる。
　キスされたり、お姫様抱っこされたり、手をつないで一緒に逃げたり、放課後の図書室で勉強をしたり……。
　でも不思議と、そのどれもがイヤじゃなかったりする。
　あのとき奪われたファーストキスでさえ、青山くんでよかったな……なんて。
　失恋のショックに浸る間もないくらい、あたしの心のウ

エイトを占めてる。
　ほんとあたし、どうしちゃったんだろう……。

　放課後。
　最終日の今日は、全員旧校舎で作業していた。
　途中、仙石先生から声がかかった。
「少し休憩しよう。４日間ご苦労だったな。おかげで作業もスムーズに済んだ。差し入れのジュースだ。俺のポケットマネーなんだからありがたく飲めよ」
　校内の自販機で買ってきたのか、段ボールにたくさんのペットボトルの飲み物が入っていた。
「イエーイ！」
「先生気がきくじゃん」
　先輩たちは大盛りあがり。
　わあ、ちょうど喉渇いてたからうれしいなぁ。
　先輩たちが段ボールに群がる後ろから、なにがあるのかなぁ、なんてのぞいていると。
「藤井、なにがいい？」
　青山くんに声をかけられた。
「えっ……？」
「取ってくるから」
　──トクンッ。
　胸が、躍った。
「……じゃ、じゃあミルクティーお願いします……」
　そう言うと、青山くんはすぐにコーラとミルクティーを

手に戻ってきた。
　青山くんはこの数日で、あたしのことを〝お前〟から〝藤井〟と、名字呼びするようになった。
　侑汰くんなんてあたしを花恋ちゃんって呼ぶし、たかが名字だけど。
　青山くんが藤井って呼んでくれるだけで、胸がくすぐったくなるんだ。
「ほらよ」
「あ、ありがとう」
　あたり前のように、あたしのぶんまで取ってきてくれるなんて。
　……うれしい。
「ミルクティー好きなんだな」
　ニヤッと笑って言われたのは、〝あのとき〟あたしがミルクティーを選んだからだよね。
　壊れてる自販機で……。
　思い出して、あのときの甘酸っぱい感覚が胸を支配した。
「肉体労働のあとは炭酸だろー」
　プシュといい音を立てたコーラを、青山くんはおいしそうにゴクゴクと喉に流しいれる。
　上下する喉仏に、つい目を奪われてしまった。
　男の子って感じがして。
　ドキドキする胸に、ひとりとまどっていると。
「今日もよろしくな、英語の先生」
「う、うんっ」

「どう？　俺ってやればできるだろ？」
「ふふふ、優秀な生徒で教えがいがあります」
　こんなふうに。
　あの青山くんと普通に話せるようになったなんて、信じられない。
　人って見た目じゃほんとにわからない。
　はじめはすごく苦手なタイプだと思ったのに、よく知ると、全然そんな人じゃなかった。
　第一印象で判断しちゃダメなんだって、教えられた気がする。
　いっぱい話して、いっぱい関わらないと、その人の本質なんて見えないんだよね。
「あ、そうだ。青山くん、数学得意だったりする？」
「数学？　ああ、わりと」
　やっぱり。
　男の子だし、数学は得意かなと思ってたんだ。
「あたし苦手なの。……よかったら……教えてもらえる？」
「おう」
　よかったぁ。
　言うのに勇気がいったけど、アッサリOKしてもらえてホッとする。
「でも俺の英語が終わってからな」
「うん、お願いします」
　はじめは憂鬱だったこの作業。
　でも、なんだかんだ楽しかった。

それは青山くんがいたから……？
そして、放課後の勉強タイムがあったから……？
自問して、肯定するように熱くなる胸。
なんで、かな。
自分の中に芽生えたこの感情にとまどう。
「さー、休憩終わり！　あとひとがんばりしよう」
　仙石先生のひと声で休憩タイムが終わり、再び作業に取りかかったときだった。
「花恋ちゃん！」
　知ってる男の子の声が聞こえて、あたしは心臓が止まるかと思った。
　だって、あたしを名前呼びするこの声は……。
「さ、笹本……くん？」
　どうしてここに。
　走ってきたのか、少し息を切らした笹本くんがそこに立っていた。
　突然現れた笹本くんの姿に、あたしは目を丸くする。
　会話するのは、例のメッセージを送って以来。
　どうしたらいいかわからなくて、困惑はハンパない。
　あたしに向けられていたその視線は、次に青山くんへ。
「青山、さっき知ったんだけど、これ俺の仕事だったんだろ？　俺が休みの日に係が決まったって聞いたぞ。なんで青山がやってんだよ」
「あ？　……ああ、お前が休みの日に押しつけるような形で決まったから、やっぱそれじゃ卑怯だと思っただけだ」

最近聞かなくなっていた声色だった。
　冷たく、ぶっきらぼうな。
「……ふっ、カッコつけかよ」
　……え？
　ボソッと言った笹本くんのそれを、あたしは聞きのがさなかった。そして耳を疑う。
　そこは……ありがとう、じゃないの？
　青山くんも、一瞬眉をしかめる。
「てか、もともと俺の仕事だろ。あとは俺がやるから青山はもう帰れよ」
　笹本くんは腕まくりをして、床に積みあげられた本を棚に入れていくけど。
「あの、それはそこの棚じゃなくて……」
「こっちだ」
　言いかけたあたしに被さるように、青山くんがまちがえた本を奪いとり、正しい棚に入れていく。
　いま参加したばかりじゃ、わからないよね。
「足手まといになるだけだ。いいっつってんだろ」
「親切ぶって、人の仕事勝手にとったくせに」
　ふたりとも、すごく冷たい口調。
　ギスギス感がハンパない。
　あたしは笹本くんの顔をまともに見ることができず、うつむいてしまう。
　避け続けていた相手と、こんな場面で対面することになって、心が追いつかない。

「なんとでも言えよ。でも実際できないヤツにやられても困る。もう最終日なんだし」

　青山くんは笹本くんを押しのけ、テキパキと手を動かしていく。

　その仕事ぶりは、慣れているからできるものであって、この4日で習得したもの。

　今日はもう最終日だし、笹本くんには悪いけど、手を出さないほうがまわりのためかもしれない。

「花恋ちゃん」

　あきらめたのか、手を止めた笹本くんが口を開いた。

「は、はい……」

「俺、べつに……気にしてないから。よかったら……また話したりメッセージのやり取りしてくれないかな」

「えっ」

　気にしてないって？

　言われた意味がわからず、背の高い笹本くんを見上げる。

　それは、こっちのセリフじゃ……。

「なんか理由があるんだよね？　はじめは、からかわれたのかと思ったけど、やっぱり花恋ちゃんはそんなことする人じゃないと思ったから」

　言ってる意味がわからない。

　からかわれたって、なんのこと……？

「返事はなかったけど、既読ついたから見てくれたかと思って、俺、待ってたんだけど……」

「……なんの……話？」

「メッセージくれたでしょ？　一緒に帰ろうって」
「……あ、うん。でも……返事が……なかったから……」
　胸がヒリヒリ痛んだ。
　ショックだったあのときの気持ちをリアルに思い出す。
「ちょっと待って、俺、返事したよね。明日一緒に帰ろうって。校門前の水道付近で待ってるって」
　なに、それ。
「そのあと返信はなかったけど、既読もついたから、見てくれたと思ったんだけど」
「えっ……」
「次の日、水道の前で待ってたら……」
　笹本くんは、となりで黙々と作業している青山くんに目をやる。
　……あの日を思い出す。
　みんなでカラオケに行くと決まり、青山くんと並んで歩いていたときに、たしかに笹本くんを目撃した。
　スマホを返してもらい、確認したけど返事は来ていなかった。
　そんなときに笹本くんに会うのが気まずくて、目をそらしちゃったけど。
　あれ、あたしを待ってたっていうの……？
「ほら」
　笹本くんが、自分のスマホを見せてくれた。
《今度、一緒に帰らない……？》
　あたしが送ったメッセージの下には。

《オッケー！　じゃあ明日の帰りなんてどう？》
《放課後、校門前の水道付近で待ってる！》
《花恋ちゃんと一緒に帰れるの楽しみにしてるから！》
　はじめて見るメッセージが……。
　送られた時間は、あたしが送った５分後。
　昼休みの間に返信してくれたことになっているけど。
「うそ……」
　あたし、こんなの見てないよ。
　あたしのスマホには、あたしのメッセージが一番最後になっていた。
　一瞬、背中が凍りつく。
　もし、ほんとに笹本くんが返事をくれていたんだとしたら……。
　メッセージをくれたその時間、あたしのスマホは、青山くんの手もとにあった。
「……ね、え……」
　震える声で呼びかけるのは、青山くんの背中。
　青山くんは、いまの会話が聞こえているのかいないのか、手を止めずに作業している。
　……そんなわけ、ないよね……？
　青山くんが……メッセージをどうかした……なんてこと、ないよね？
　たとえば、消した……とか。
　いくらなんでも、そんなことするはず、ないよね？
「あ……？」

気だるそうにゆっくり振り返った青山くんは、さっきまでとは別人のようだった。
　冷たい流し目は、はじめて会ったときのよう。
　その勢いに、怯(ひる)みそうになったけど。
「あの日……あたしのスマホを青山くんが持ってた日……」
　声が、震える。
「あの……あたしに来てたメッセージ……見たり……した？」
　お願い。見てないって言って。
　青山くんは、こんなメッセージ見てないはず……。
「……ああ、なんかのろけメッセージがあったな」
「……っ！」
　やっぱり、見た、の？
　笹本くんからのメッセージ、来てたの？
「そ、それで……？」
「それでって」
　青山くんと、瞳と瞳がぶつかる。
　ゴクリ、と唾(つば)をのむ。
「……ああ、思い出した。消したかも」
　……消したかも……？
　消した、かも……って……。
「い、いま、なんて……」
「だから、消したっつってんの」
　〝消した〟。
　頭が真っ白になる。

消された事実よりも、青山くんがそんなことをしていたなんてことが信じられなくて、悲しくて。
　……うそであってほしかった。
　……知らないって言ってほしかった。
　なにかのトラブルで、あたしに送信されていなければよかったのに。
「そんなに大事なメッセージだった？　わりぃわりぃ。なんかあまりののろけっぷりに、うぜえなーって、つい」
　軽く謝罪するその姿に、意識が遠のいていく感じがした。
　うそだよ。うそって言ってよ……。
　信じられない。
　信じたくない……っ……。
　あたしはたまらず図書室を飛び出した。
「花恋ちゃんっ……！」
　呼びかける笹本くんの声を背に……。

強引なキス。

　信じられない。
　信じたくない。
『消したかも』
　青山くんの冷たいひと言が、ずっと頭にこびりついて離れない。
　家に帰ったあたしは、魂が抜け落ちたように、ベッドに横たわっていた。
　笹本くんは既読無視していたわけじゃなかった。
　あたしが朋美ちゃんと修羅場を作っていたその裏で。
　あたしと笹本くんの間にも、意図的な溝が作られていた。
　……青山くんに……。
　そんなこと……夢にも思わなかった……。
　ブレザーのポケットが震える。
　ゆっくりスマホを取り出すと、それは笹本くんからの着信だった。
　でも、出られないよ……。
　胸の中も頭の中もグチャグチャで、誰かと話ができるような状態じゃない。
　しばらくすると着信音はやみ、今度はメッセージを告げる機械音が響く。指でスマホの画面を滑らせると、メッセージが表示された。
《青山から全部聞いたよ》

《スマホの入れちがいなんて大変だったね》
《約束したはずなのに、あの日、花恋ちゃんが青山と一緒に校門を出ていくのを見て、からかわれたんだと思ってた。事情も知らずにごめん》

　そっか……。
　あたしは、既読無視されたから気まずくて顔を合わせられなかったけど、笹本くんは別の思いであたしを避けていたんだ。
　完全なる、誤解によるすれちがい……。
　そして最後に。
《来週月曜日話そう。昼休みに、中庭で待ってる》
　そんなメッセージに、あたしは《うん》とだけ返信した。
　笹本くんはあたしのメッセージに、ちゃんと返事をくれていた。
　しかも、次の日に一緒に帰る約束までしてくれていた。
　失恋したわけじゃなかった。
　それなのに。
　うれしいっていう感情がわきおこる前に。
　ぎゅうっと胸を支配し、大きくしめつけるのはもっと別のもの。
　青山くん……。どうしてそんなことしたの……？
　あの日は、あたしのことすらまだ知らなかったはず。
　あたしもそうだったように、見ず知らずの人のメッセージを見てしまうのは不可抗力だとして……メッセージを消すなんてありえない。

普通じゃ考えられない。
　のろけメッセージにムカついただけで、他人に届いたメッセージを削除(さくじょ)する……？
　少なくとも、この数週間で知りえた青山くんはそんな人じゃないはず。でも、本人は肯定した。
　実際、笹本くんもそのメッセージを送ってくれている。
　事実に、まちがいはない……。だからこそ余計に。
　普通わきおこるであろう、ひどい、ムカつく、なんていう攻撃的感情の前に。
　青山くんがそんなことをしたという事実が、悲しくて仕方ないんだ。
　ねぇ、青山くん。どうしてそんなこと、したの？
　教えてよ……。
「うぅっ……」
　涙がこぼれないようにと食いしばっていた口もとに負けて、しずくが頬をひと筋伝った。

　週が明けて月曜日。
　穏やかな陽の差しこむ、中庭。
　色とりどりの季節の花が咲(さ)いている。
　ベンチがないため、ここでお昼を食べる生徒はいない。
　切り取られた絵のような風景の中、ゆっくり足を進めた先には、
「来てくれたんだ」
　笹本くんの姿。

急いでお昼を食べてから約束のここへ向かったら、もう笹本くんは来ていた。
「ごめんね、待たせちゃって」
「大丈夫だよ、俺もいま来たところだから」
　太陽の下がよく似合うさわやかな笑顔で、ニッコリ笑う。
　陽に照らされた笹本くんは、あたしがはじめて会ったときに感じた王子様みたい。
　友達も多く誰からも好かれてて、人気者の笹本くん。
「スマホが入れかわるなんて災難だったね」
「……うん」
　だけど、あたしは心から笑えなかった。
　あれだけ夢にまで見ていた、笹本くんとふたりきりだっていうのに。
「それにしても青山のヤツ、ひでーことするよな。勝手に人のメッセージ消すなんて」
「……う、うん」
　ほんっと、ひどいよね！
　これがメッセージをくれた次の日とかだったら、そう言って息巻きながら賛同していたのかもしれない。
　なのに。
　体に力が入らず、そんな事実を口にされるだけで胸がキリキリと痛む。
　……週が明けてもショックは相変わらずで、もっと増したかもしれない。
「俺さ、花恋ちゃんからあのメッセージもらってすごくう

れしかったんだ。一生懸命誘ってくれてるのがわかったし、実は、俺も花恋ちゃんのこと、誘いたかったから」
「……え？」
　見上げた笹本くんは照れたように頭をかく。
　はにかむ口もとから、白い歯を遠慮がちにのぞかせて。
「あのさ」
　ふわっと、やわらかい風が笹本くんの髪を優しくなであげた瞬間。
「俺、花恋ちゃんのことが好きなんだ」
　告げられたのは、思いもかけなかった言葉。
　あたしを……好き……？
　頭の中が、一瞬真っ白になった。
「俺と、付き合ってください」
　言ったあと、口を真一文字に結んだ笹本くんは、あたしを優しく見つめた。
　……うそ。あたし、笹本くんから告白されてる……？
　好きな人から告白される。
　こんなの、夢にも思ってないことだったのに。
　あたしは笹本くんが好きで。
　失恋したかもしれないと思っていたのは、誤解だった。
　だったら、なにも問題はないはずなのに。
　手放しで喜ぶところなのに。
　……どうしてあたしはいま、すごく胸が痛いんだろう。
　……どうしてこんなときに思いうかぶのは、青山くんの顔なんだろう……。

「花恋……ちゃん……？」
　不安げな目をしていたのか、眉根を下げた笹本くんがあたしをのぞきこんでいた。
「あっ……」
　あたし、なにを考えていたんだろう……。
　そして。
　——キーンコーンカーンコーン。
　なにか言おうと思ったタイミングで、昼休み終了のチャイムが鳴ってしまう。
　……あ、どうしよう。
「ごめんね、テスト前にこんなこと言って。返事は急いでないし、テストが終わったら聞かせて」
　そう言ってさわやかな笑顔を残すと、笹本くんは先に校舎の中へ戻っていった。
「はぁぁっ……」
　脱力して、その場にしゃがみこむ。
　雑草が足もとをくすぐる中、膝を抱えて丸くなるあたしの頭を支配するのは、やっぱり青山くん。
　青山くんと過ごして感じた高揚する胸のときめき、ドキドキ。そんなのを知っちゃって……。
　あたしこのまま、笹本くんの告白に〝はい〟って答えられる……？
　青山くんを思い出すと、うずくこの胸は……。
　笹本くんとは、目が合うとうれしくて。
　メッセージの交換をして喜んで。

でも、青山くんとは……。
　本音をぶつけあって、笑いあって。
　笹本くんとはちがう時間の過ごし方をした。
　アプリを通じてなんかじゃなくて。
　たくさんたくさん……言葉を交わして触れあった。
　あたしは……笹本くんに恋をしていたんじゃなくて、ただ、恋に恋をしていたのかもしれない。
　突然現れた王子様に目を奪われて、それを恋と勝手に思っていただけで。
　あたしの心までは奪っていなかったのかもしれない。
　あたしの心奪ったのは……青山くん……？
　だって、こんなにも彼のことを考えてしまう。
　頭から……心から……離れない……。
　この気持ちこそが、"恋"って名前のつく感情なのかもしれない。
　どうしよう、あたし、青山くんが、好き……。

　青山くんへの気持ちに気づいたことも。
　笹本くんから告白されたことも。
　杏ちゃんと友梨ちゃんには黙っておいた。
　ふたりがなんて言うかはわからないけど、まわりの意見に惑わされたくなかったから。
　だけど……。
　笹本くんに告白されて自分の気持ちに気づいたなんて。
　……なんて皮肉なんだろう……。

「ちょーっと花恋、笹本くんから告白されたんだって!?」
　黙っていようと思ってたのに、翌日杏ちゃんから突撃されてビックリした。
「さっきとなりのクラスの子から聞いたんだけどっ！」
　肩を思いっきり揺さぶられて頭がグワングワンする。
「そ、それは……」
「も〜、ほかの子から聞くってどーゆーことよ〜〜」
　どうやら、あの中庭での出来事を誰かに見られていたみたい。
　校内でも人気の笹本くんが告白したってことで、それはあっという間に学年中に知れわたってしまった。
「なにこの急展開は！　どうするの？　付き合うの？　付き合っちゃいなよっ」
　ここのところ青山くんを勧めてたくせに……。
　杏ちゃんのスイッチは、もう笹本くんに切りかわっちゃったみたい。
「ど、どうかな……」
　あたしなんて目立たない人間だから、笹本くんが告白した相手がどんな人なのかを見に来る子が、今日１日あとを絶たなかった。
　人から注目を浴びるなんていままでなかったし、苦手だからなんだか疲れちゃった……。

　青山くんとは、電話番号やメッセージアプリのIDを教えあったりしていないし、その後、弁解を聞くこともなく。

お互い話さないまま日々は普通に流れて、テストの日を迎えた。
　テストは２日間。
　笹本くんへの返事はテストが終わってから。
　……まだ時間があると思っていたけど、明日にはテストが終わってしまう。
　そうしたら、返事をしなきゃいけない。
　どうしよう……。
　正直言って、もうテストどころじゃなかった。

「最後の問題なんて鬼だよね、鬼！　あんなのまず訳せないから！」
「あれは難しかったわ～」
「でも花恋はできたんでしょ？」
「えっ、まぁ……」
　テスト初日が終わった。
　今日のテスト内容について、杏ちゃんたちとああだこうだ言いながら、昇降口へ向かう。
　英語は得意だし、みんなが言うほど難しくもなく順調だったけど。
「あ～、明日は地獄の数学だよぉー」
「セッキーのことだからイジワル問題出そう。あー、頭痛い」
「ね～。だから嫌われるんだよっ！」
　これはあたしもヤバイ。
　きっと、杏ちゃんや友梨ちゃんの比じゃない。

スマホの件で目をつけられていると思うし、せめてテストで巻き返さなきゃいけないのに。
　自販機の件は、逃げたのがあたしだとバレることはなかった。
　青山くんは、壊した容疑は晴れたけど、叩いているところを見られたからこっぴどく怒られたらしい。
　でも、一緒にいたあたしのことまではわからなかったみたいで、青山くんも最後まで名前を言わずに粘りとおしてくれた。
　おかげで呼び出されることもなく、事なきを得たんだ。
　自分は怒られながらも、あたしのことは黙ってくれていたのに。
　あたしを守ってくれたのに。
　……あたしに来たメッセージを勝手に消す、なんてことをした……。
　思い出すたび、きゅーっと胸が苦しくなる。
　だからって、やっぱり嫌いにはなれなくて。
　今日の英語……あたしが教えたことは役に立ったかな。
　平均点、届くかな……。
　悲しいくらい、あたしの頭の中は青山くんだらけ。
　すると。
　――ばくんっ！
　心臓が激しく波打ったのは、8組の靴箱前に青山くんの姿が見えたから。
　1組の靴箱とはかなり離れているはずなのに、なんでこ

こに……。
　あれ以来、会っていないしかなり気まずい。
　だけど、そこに行かなきゃあたしは靴が履けないわけで。
　平静を装って、青山くんに気づいてないふりをしてそのまま自分の靴箱へ向かおうとしたけれど。
　──ダンッ。
　青山くんの目の前までやってきたとき、その長い脚が壁に向かって伸びた。
　……これって、通せんぼ……？
　進路をふさがれて、そのまま立ちどまってしまう。
　……なに？
　もしかしたらって予感はあったけど、明らかにあたしに用があるんだとわかるその行為に、心臓がもっと激しく音を立てる。
「まだ間にあうだろ」
「……え」
「数学」
　数学って。数学を教えてくれるってこと……？
『今日、数学教えてもらえる？』
『俺の英語が終わったらな』
　そんな約束をしたけれど、あんなことがあってうやむやなままだった。
　だけどっ……。
「藤井のおかげで、英語すげえできたんだよ」
「…………」

「ラストの鬼問題、とけたなんて奇跡じゃねえ？」
　目が見れない。
「だから、俺だけ教えてもらってこのままなんてダメだろ」
　言うや否や、突然腕を取られ、校舎の中へ逆戻りする体。
「……ちょっ！」
　ダメだろって。ええっ？
「花恋っ!?」
「ちょっとコイツ、借りるから」
　呼んでくれた杏ちゃんに答えたのは青山くん。
「あ、杏ちゃ……」
　あたしは逃げることすらできず、青山くんに手を引かれるままついていくしかなかった。
「ひゃあ〜〜〜っ！」
　杏ちゃんの色めきたった声を背後に。

　——ガラッ。
　あたしの手を引く反対の手で、図書室のドアを開ける青山くん。
　もう、何度も来た図書室。
　そこは誰もいなくてがらんとしていた。
　テスト中なのに、誰も勉強している人いないんだ。
　むしろ、テスト中だからいないのか。
　なんて必死に頭の中で別のことを考えようとするけど。
　青山くんに握られた右手が、熱くて……。
　握るっていうより、つかまれてる、が正しい表現。

強引につかまれているからこそ、胸が熱くなる。
「わかんないのどこ」
　席についてようやく手を離された。
　乱暴にとなりの椅子を引いて座り、カバンから取り出すのは教科書や参考書。
　バサバサと机に置かれるそれを、ぼうぜんと眺める。
「あの……」
「因数分解？　二次関数？」
「あの……」
　どうして何事もないように話を進めるの。
　そんなのムリに決まってるよ。
　せめて、なにか弁解してくれなきゃ……。
　あたしたちが話すのは、あれ以来なのに。
　ギュッと目をつぶる。
　いますぐここから逃げたい。
　でも、逃げられないのは……。
　青山くんといる空間が、心地よくて楽しいものだとあたしの心が覚えてるから。
　一緒にいたいと思うから……。
「……アイツと……付き合うのか？」
　心臓が、ひやりとした。
　アイツ……それって、笹本くんのことだよね……。
　やだ……青山くんの耳にまで届いていたなんて。
「お人よしの藤井のことだから、なんでも"YES"って答えるのか」

指摘されて、キリキリと胸が痛んだ。
　この性格のせいで、青山くんにたしなめられたカフェでのことが、まざまざとよみがえった。
　イヤな、思い出。
「今回はちがうか。両想いってヤツか。よかったじゃん」
　よかった、というわりには全然祝福している声じゃなく。
　冷やかしているような、挑発（ちょうはつ）しているような。
　どこか悪意を含んだ声。
　痛い、痛いよ、胸が……。
　それに心が反応するかのように、ポロッと……右目から、涙がひと筋こぼれた。
「なんで泣いてんだよ」
　ずるいよ。そんなこと言うなんて。
「……青山くんにそんなこと言われても、全然うれしくないっ」
　──ポロッ……。
　今度は左目から。
　両目から一度落ちた涙は、あたしの涙腺（るいせん）を崩壊（ほうかい）させる。
「ひっ……っく……」
　あとからあとからどんどんあふれ出した。
　止めたいのに止まらない涙は、青山くんの教科書にシミを作っていく。
「……悪かった……ほんとにそう思ってるよ」
　ため息まじりの謝罪が、頭の上に落ちた。
　ゆっくりと、感情を込めるように優しく。

……メッセージを消したこと……？
　青山くんがあたしを連れてきたほんとの理由は、数学を教えるんじゃなくてこれだったのだとわかり、あたしの心は落ちついてきた。
　そして、ようやく肝心なことを口にできた。
「……どうして……あんなこと……したの……？」
　あの日以来、はじめての追及。
　なにか、理由があるんだよね……。
　顔を上げたあたしに。
「泣くなよ……」
　答えの代わりに、青山くんは親指であたしの左右からこぼれた涙をぬぐった。
　全身にしびれが伴う。
　青山くんに触れられるだけで、あたしの体はもう自分の体じゃなくなっちゃったみたいに、コントロールが効かなくなるんだよ……。
　好き。
　好きだよ。
　想いがあふれてく……。
　にじんだ視界に映るのは、イジワルでも怒ってるわけでもなく、どことなく不安そうにあたしを見つめる青山くん。
　優しいよ……青山くんは……。
　風邪をうつしたのが自分のせいだと言われたくないからって、あたしを送ってくれたり。
　しょうがねえからって、旧校舎を怖がるあたしと一緒に

作業してくれたり。
　自己中に聞こえる言葉の裏には、いつだって優しさが隠れてた。
　いまだって、あたしの涙をぬぐってくれた……。
　こんなに優しいと……期待しちゃうよ。
　女の子なら誰だって……期待しちゃうよ。
　青山くんに、好きになってもらえるはずなんてないのに。
「お前が泣いてると、俺が困んだよ」
　その言葉通り、困ったようにクシャッと乱雑に髪をかきあげながら眉を下げる。ため息をついて。
「ど、どうして……」
「どうしても」
　……そっか。
　自分のせいで、泣かせたってなるからだよね……。
　弱々しく涙なんか流したりして、ウザイ女って思われたかな。でも、止められないからどうしようもない。
　残りの涙は、ゴシゴシと自分で拭いた。
「だけど」
　そう言って顔つきを少し変えた青山くんの眉間には、シワが寄っていた。
　スッと細めた瞳に、ドクンと胸が鳴る。
「アイツと付き合うなんて、許さない」
　そのとき、一瞬であたしのまわりが黒い影(かげ)に包まれる。
　次の瞬間、青山くんの唇が、あたしの唇に重なっていた。
「……っ！」

それはすぐに離れて、驚きに目を見張るあたしをジッと見つめると。
「いまのは、謝らないから」
　それだけ言いはなってスッと立ちあがり、青山くんはカバンに乱暴に教科書をつめると、図書室を出ていった。

　いまのは……いったい、なんだったの……？
『悪い、つい』
　そう言ったこの間のキスは、朋美ちゃんに彼女だと言いきりたかったためのとっさの行動だとして。
　いまのは……。
『謝らないから』
　確信犯的行為。
　……どういうこと？
　両想いでよかったな、なんて言って。
　付き合うのは許さない……？
　どうしてっ……。
　もうっ……なんでなんでこんな。
　その気なんかないくせに、どうしてあたしの心をかき乱すの……。
　あたしは放心状態のまま、しばらくそこから動くことができなかった。

返事の代償。

 笹本くんの告白で、もともとテストどころじゃなかったのに。
 青山くんが落としたキスのせいで、さらにそれどころじゃなくなってしまった。
 テスト勉強なんてできたものじゃなくて、結局翌日のテストはさんざんだった。
 数学は壊滅的だったし、そのほかの教科もひどい点数なのは覚悟しなきゃ……。
《この間の返事、明日聞かせてくれる？》
 家に帰ると、スマホの画面にそんなメッセージが浮かびあがって思い出す。
 ……そうだ。
 テストが終わったら終わったで、大きな仕事が待ってるんだった。
 ……告白の、返事。
 忘れていたわけじゃないけど、この短期間でいろんなことがありすぎて、いまは青山くんのことで頭がいっぱいだったんだ。
 既読をつけたんだから、返事しなきゃいけない。
 この間のこともあるから、なるべくすぐに返事しないと。
 でも、この返信ですら少しでも先延ばしにしたいと思ってしまう。

そんなあたしは、ほんとにズルい女かもしれない……。
　ダメダメ。
　先延ばしにしたところで、返事しなきゃいけない事実も、その内容も変わらないんだから。
　自分の気持ちにはうそをつけない。つきたくない。
　よし。
《うん。じゃあ、あした中庭で》
　そうメッセージを返して、告白された中庭で待ちあわせることにした。

　この間と同じく、穏やかな中庭には誰もいない。
　今日は、笹本くんよりも前に中庭に着いた。
　こないだは告白されているところを見ている人がいたらしいから、念のため人から見えにくいよう木の陰で待つ。
　しばらくすると、笹本くんがやってきた。
　今日も、さわやかな笑顔で。
「返事、聞かせてくれるんだよね」
　優しい問いかけに、コクンとうなずく。
　あたしが断ったら、このさわやかな笑顔はどうなる……？
　んんっ、と咳払いした笹本くんは。
「俺、花恋ちゃんが好き。俺と、付き合ってください」
　もう一度、告白してくれた。
　――ズキン……。
　胸が痛いよ。こんなあたしを好きだと言ってくれたのに、あたしは……。

でも、自分の気持ちを伝えなきゃ。そうすることも、笹本くんのため……。
　笹本くんの目をまっすぐ見て伝える。
「笹本くん……。笹本くんがそう言ってくれてすごくうれしかった。ありがとう」
「……うん」
「でも。あたしなんて、笹本くんにふさわしくないと思う。笹本くんには、もっと素敵な女の子がいるはずだから……」
　精いっぱい返したつもりだった。
　だって、それはうそ偽りのない思いだったから。
　校内でも人気者の笹本くん。
　あたしなんかじゃなくて、もっと笹本くんにふさわしい子がいるはずだから。
　あたしなんかを好きになってくれてありがとう、その気持ちを込めて。
　笹本くんを振るなんてバチあたりみたいなこと、心が苦しくてたまらないけど。
　青山くんの言う通り、いままで、自分の意思なんてほとんどのみこんできた。
　まわりに言われるがまま合わせて、自分の意見なんて主張せずに。
　そのほうが楽だと思ってたから。
　でもこれだけは。
　この気持ちだけは、どうしても譲れないから……。
　こんなふうに思ったの、はじめてかもしれない。

「それって、俺のこと好きじゃないってこと？」
「え……」
　ひどく冷静に落とされた声に、一瞬とまどう。
　好きじゃないって……。
　あ、一緒に帰ろうなんて誘ったから、笹本くんはあたしが好きだと思ったのかな。
　いや、そのときはたしかに、好きだったんだけど。
　あの日のすれちがいを元に、運命は大きく変わった。
　あたしの気持ちは……変わってしまったんだ……。
「あの……そういうわけじゃ……」
　笹本くんのことは好き。
　でもいまは、好きの種類が変わってしまっただけで、好きじゃないと言ったら語弊がある。
「でも、付き合えないってことは、そういうことでしょ？」
　なにも言えなくなってしまう。
　好きだったら、付き合う。
　高校生男女の恋愛観においては、きっとそうだろう。
　あたしがノーって言うことは、笹本くんを好きじゃないと言ってることと、同じ……。
　そして、しばらくの沈黙ののち……。
「バカにすんなよ」
　耳を疑うような声が聞こえた。
「……え？」
　顔を上げたあたしの目に映ったのは、さっきまでのさわやかな笑顔の欠片（かけら）なんて１ミリもない笹本くんの姿。

片足に体重をかけ、ポケットに手を突っこんだその姿は、王子様とはまるでかけ離れている。
　ダルそうに、面倒くさそうに。
　どうし、たの……？
　これ……ほんとに笹本くん？
　まるで別人になってしまったかのような姿に、あたしは目を見開き、声も出ない。
「気ぃ持たせておいてそれはないだろ？　何度俺に恥かかせれば気が済むわけ？」
　さらに、上から叩きつけるように言葉を吐かれた。
　あの、えっと……。
　突然激変した笹本くんの態度についていけない。
　この状況を理解できない。
「既読無視んときもそうだし」
「あれはっ……」
　自分の意思じゃない、不可抗力だった。
　笹本くんも知ってるでしょ？
　わかってくれたよね？　……ね？
　そう言おうとしたあたしの表情を読んだのか、笹本くんは先まわりして言葉を続ける。
「ちがうとでも言いたいわけ？　だとしても俺には関係ないんだよ。恥かかされたことには変わんないんだから」
　怒りだけをぶつけられて、あたしはただ放心状態だった。
　これはいったい誰？
　言われている意味を考えるよりも先に、激変してしまっ

た彼の態度についていけない。
　あたしが振ったことがそんなに気に食わなかった……？
「最悪っ」
　最後にそう捨てゼリフを吐くと、キッと冷たい目を見せて、笹本くんは中庭を去ってしまった。
　……え。
　残されたあたしは、しばしぼうぜんと立ちつくす。
　告白されたときとはちがう意味で、そこから動けない。
「は、はぁっ……」
　しばらくして、やっと普通に呼吸ができた。
　中庭の暖かくて穏やかな空気が、胸の中に入ってくる。
　体は相当緊張していたみたい。
　冷たい汗が流れて、まるでいままで呼吸が止まっていたみたいに胸が苦しい。
　ああ……。
　いい気分はしないと思ったけど、あんなふうに言われるとは夢にも思わなかった。
　それにしても、あの豹変ぶりはちょっとキツイな。
　……きっと、プライドが傷ついてしまったんだ。
　ごめんなさい、笹本くん。
　正直ビックリしたし、ショックもあるけど。
　"気を持たせた"、たしかにそうかも。
　今回は少し事情がちがうとはいえ、なんでもいいと言ってコーヒーを買ってもらい、飲めなかったときと変わらないのかもしれない。

あのときこそ、青山くんはこうやって怒ってよかったのだと思う。
　結局、今回のことも自分が招いた事態だと思うと、こんなふうに言われてもしかたない。
　……そう思うしかなかった。

　次の日。
　はぁ……。
　青山くんにあんなことされて、笹本くんに怒られて。
　もう心の中はグチャグチャだった。
　もともと苦手だったけど、さらに男性恐怖症になりそう。
「おはよー！」
　昇降口で杏ちゃんにバッタリ会い、肩を叩かれる。
「おはよう」
　いつも思うけど、杏ちゃんは朝から元気だよなぁ。
「ねぇねぇ聞いて〜、昨日智史くんと2時間も電話しちゃった〜」
「2時間も？」
「うんっ。男の子って電話苦手な人多いけど、智史くんはわりと大丈夫みたい。あたしと話してると時間忘れちゃうんだって〜、ふふっ」
　今日も朝からテンションの高い杏ちゃんは、智史くんとののろけを聞かせてくれる。
「智史くんって声が素敵でしょー。低くて渋くて。だから、電話で聞いてるとずっとキュンキュンしちゃうんだよ〜。

きゃあ〜」
　声を思い出しているのか、杏ちゃんは体をよじらせる。
　……幸せそう。
　杏ちゃんは、悩みとかないのかな。
　顔もだけど性格もかわいいし明るいし、恋愛も百発百中の杏ちゃんにとって、あたしみたいな悩みは無縁なんだろうな。
　どうしてあたしばっかりこんなに悩みが多いんだろう。
　男運がないのかなってちょっと卑屈になる。
　うらやましく思いながらも、考えるともっとどん底に落ちそうだからやめることにする。
　笹本くんの話をしようと思ったけど、このテンションの杏ちゃんに話すのもどうかと思い、そのまま教室へ向かう。
　すると、友梨ちゃんが必死になって黒板を消していた。
「おはよう、友梨ちゃん。……なにしてるの……？」
「か、花恋!?　も、もう来たのっ……」
　キョドりながらあたしと目が合った友梨ちゃんは、ひどくあわてた様子で言った。
　おはようも言わずに。
　まるで、あたしが来ちゃいけなかったみたいに……。
　同時に、クラスメートたちの動きやおしゃべりも一瞬にしてやむ。
　……え？
「あのねっ……！」
　友梨ちゃんが必死になにかを言おうとしているその向こ

う。黒板に目を向ければ、消えかけのチョークの文字が見えた。
『男好き』
『男タラシ』
『男を手玉に取る最低女』
　眉をひそめたくなるような言葉が並んでいて……。
　クラスメートの視線が、あたしに集まっているのもわかった。
　あたしはぼうぜんと黒板を見つめる。
　そして体がガタガタと震えだす。
　だって、その言葉の先頭に書かれていたのは、『藤井花恋』という名前だったから。
「なにこれっ！　書いたの誰!?」
　それを見た杏ちゃんが、憤慨したように声を張りあげる。
　……なんで？　……どうして？
　そこに書かれているのは、すべてあたしに対する中傷。
　友梨ちゃんが消してくれていたけど、まだ消しきれていない部分でわかってしまった。
『藤井花恋は男タラシ』
　きっと、こんな内容が黒板いっぱいに書かれていたんだろう。
「友梨ちゃん!!」
　そのとき、バタバタッという激しい足音とともに、よく聞きなれた声が耳に届いた。
　それは血相を変えた侑汰くんだった。

黒板いっぱいの落書きに目を見張る。
「なんだよこれ、書いたの誰だよっ！」
　クラス全体に目を向ける侑汰くんは、この落書きをはじめて見たんじゃないって顔。
　……ということは。
「俺のクラスにもこれが書いてあったんだよ！」
　憤慨しながら、黒板をバンッと叩いた。
「１組にも？」
　眉をひそめる友梨ちゃん同様、あたしの胸も鈍い音を立てた。
　どうして、１組にも……？
　そのとき、もうひとつ大きな足音が聞こえてきて、
「これ全クラスに書かれてるっぽいっ！」
　息を切らした智史くんも飛びこんできた。
「えっ……」
　これが、全部のクラスに……？
　いったい、誰が。
「花恋、大丈夫!?」
　めまいがして、倒れそうになったところを杏ちゃんに支えられた。
「ちょっと……誰のしわざ!?　ねえ、誰かこれ書いたの見た人いないの？」
　あたしを支えながら、杏ちゃんがクラス全員に向かって声をあげる。
　そうしている間にも、友梨ちゃん、智史くん、侑汰くん

の3人が、黒板の落書きをすべて綺麗に消してくれた。
　でも、全クラスに書かれているとなれば……。
「俺らのクラスのは翔が消した」
「そうか」
「ほかのクラスのもいま、翔が消してまわってる」
　……青山くんが？
　──ドクンッ……。
　ジワッと胸が熱くなる一方、青山くんの目にもこれが入ってしまったんだという落胆。
　青山くんは、これを見てどう思った……？
　そんなことが気になってしまう。
「花恋、ここに書いてあるのは全部デタラメだってわかるけど、なにか心あたりある？」
　友梨ちゃんに問われてあたしは首を振る。
「だよね……花恋がこんなこと書かれる覚えないよね？」
　普段から目立たないあたしが、人から恨まれる覚えもないし、恨まれることをした覚えもない。
　あ、もしかして、青山くんの元カノの朋美ちゃん……？
『いいの？　略奪女ってレッテル貼られても！』
　そう言われたことを思い出す。
　でも青山くんが、あたしと付き合ってることはうそだと言ってくれたみたいだし。
　……あ。もうひとつある。
　昨日と今日で変わったことと言えば。
　……笹本くんの告白を断っちゃったことと、なにか関係

がある？
　でも、まさか。
　それだけ……なんて軽く言えることでもないけど、こんなことを書かれる筋合いなんてないはず。
　でも……。
『男タラシ』
　笹本くんに一緒に帰ろうとメッセージを送って、青山くんと一緒に帰ったことを指しているようにも思えて引っかかる。
　もしちがったら、疑ってしまっただけでも悪いことかもしれないし。……でも。
　その疑いは、ぬぐいきれなかった。
　全クラスにあれが書かれていたというのはほんとらしく、その日は１日中、あたしは好奇の目にさらされていた。
　教室にいてもいたたまれないのに、廊下に出たってまわりの視線が痛い。
　ヒソヒソとささやかれる声もそうだし、冷たい視線も。
「ねえねえあの子でしょ、ウワサの」
「えっ、笹本くんがコクった子じゃない？」
「わー、大人しそうな顔してるのに」
　うっ……。
　聞きたくないのに、聞こえてくる声。
　あんなのデタラメなのに。
　ウワサって、うそであろうが一度情報が出まわってしまったら、その人の印象に直接関わる恐ろしいもの。

あたしを知らない人は、あたしのイメージをそういうふうに固めてしまうから。
　もしあとで誤解だとわかって訂正しても、この一報を知っているすべての人に伝わるとは限らない。
　その人にとってあたしは、ずっと負のレッテルを貼られたまま。
　だから、ありもしないウワサって怖いんだよ……。
　〝笹本くんが告白した女〟としてのぞきに来られたときの居心地の悪さとは比べものにならないくらいつらくて、ずっと下を向いていた。

　放課後。
　あたし、杏ちゃん、友梨ちゃん、侑汰くん、智史くんの５人は、８組の教室にいた。
「なんか、今日１日長かったよね」
　ふぅーっと、友梨ちゃんが深いため息をつく。
「だな」
　友梨ちゃんの言葉に賛同した侑汰くんの気持ちはよくわかった。
　あたしも、なんでこんなに時間が経つのが遅いんだろうって思ったくらい１日が長くてつらかった。
　ようやく放課後になって、ホッとしてる。
「そういえば、青山くんは帰っちゃったの？」
　杏ちゃんが何気なく出したその言葉にドキッとした。
「ああ、俺らは藤井さんのとこ行くって言ったら、じゃあ

帰るわって」
　そっか。
　青山くん、帰っちゃったんだ……。
　って、当然だよね。
　侑汰くんと智史くんは、すごく心配してくれて今日は休み時間のたびに８組に来てくれていた。
　そんな中でも、今日１日青山くんの顔は見ていない。
　青山くんがそういうタイプじゃないことはわかっているし、黒板を消してくれた……というだけで、少しだけ救われた気がした。
　でも、どんな思いでこれを消してくれたの……？
　メッセージを消しちゃったことに対しての罪滅（ほろ）ぼし？
　それとも、キスしたことへの……。
　それはないか。
　謝らないって断言したんだから。
「ふうん。前から思ってたけど、青山くんってマイペースだよねぇ」
　杏ちゃんは不服そうに言うけど……。
　侑汰くんたちがこうやって心配して来てくれることのほうが、すごいことだと思う。
　だからこそ、そんな青山くんが黒板を消してまわってくれたと聞いて……胸がきゅんとなった。
「翔はＢ型だしなっ！」
「血液型なんて関係ないだろ」
「あるある～。翔の性格見てて思わね？　あーコイツ典型

的なＢだって」
「それを言うなら俺もＢ型だけどな」
「え——マジでっ！」
「そうだよ、智史くんＢ型なんだから悪く言わないで——！」

　そんなやり取りに、少し固くなっていたこの場が和む。
　あたしも思わず頬がゆるんだ。
　笑ったの、朝以来かも。
　スマホの取りちがえがきっかけで、仲よくなった侑汰くんと智史くん。
　それがなければ、このメンバーで話すことだってなかったんだ。
　でも、スマホの取りちがえがあったからこそ、そこからあたしの悩みが続いているわけで。
　もしも、あのときに戻れるとなったら……。
　まちがわずに、自分のスマホを拾えるとしたら……。
　あたしはどうするだろう。
　青山くんと出会わない未来を、選択する……？
「それはそうとさ。今回の件、花恋ちゃんはなにか心あたりあるの？」
　ふざけてた雰囲気から一転、侑汰くんは顔を正した。
　今朝、教室に飛びこんで来たときもそうだった。
　まるで自分のことように考えて心配してくれている。
　見た目はすごくチャラいけど、友達想いのいい人ってことが、知りあってすぐにわかった。

侑汰くんだけじゃない、みんなそう。
　心配そうに注がれる４人の視線。
　みんなあたしを心配してくれて、こうして放課後集まってくれたんだ。
　杏ちゃんと友梨ちゃんには、笹本くんの告白を断ったことは伝えたけど、暴言を吐かれたことまでは言っていなかった。
　言って、自分がさらに落ちこみそうだったのもあるし、笹本くんの名誉のためっていうのもあった。
　でも、こんな事態にまでなったら話は変わってくる。
　確証は持てないけど、可能性があることならちゃんとみんなに伝えないとね。
「……ちがうかもしれないけど……あの……」
　それでも言いよどむと、友梨ちゃんが励ましてくれるように肩に手をのせた。
「いいんだよ、気になることがあるならどんな小さいことでも言ってみな？」
　あたしはうんとうなずくと、
「笹本くん……」
　ポツリと名前をもらした。
「えっ？　笹本くんっ!?」
　杏ちゃんが驚きの声をあげるのは当然のこと。
　みんなその名前を聞いてもピンとこないようで、目をパチクリさせる。
「えーっと……笹本って、花恋ちゃんにコクったってウワ

サの?」
　……やっぱり侑汰くんも知ってるよね。
　青山くんだって知ってたんだから。
「そうそう、その笹本くん。で、なんで笹本くんが?」
「ちょ、待って。コクったのって、それマジな話なわけ?」
「そうだよ!　笹本くんは花恋に告白したの!　で、昨日、返事したんだよね?」
「えっ、付き合うの?」
「ちがう、断ったんだってばあ!」
　あたしの代わりに、侑汰くんの質問に杏ちゃんがすべて答えてくれる。
「で?　そのときなにかあったの?」
　友梨ちゃんが優しく誘導してくれる。
　……みんな心配してくれてるんだから、話さなきゃね。
「うん……」
　あたしは話した。
　笹本くんに中庭で言われたことすべてを。
　口にするとつらくて、途中、うっ……と泣きそうになってしまったけどなんとかこらえた。
　言い終えると、みんなは憤慨した。
「はぁ!?　信じらんない」
「やっぱ笹本くんって最悪だったんじゃん!」
「なんだソイツ!!」
「最低だな、笹本。ありえない」
　そんなこと言わなそうな智史くんまで。

「じゃあ振られた腹いせに、花恋のありもしない悪口書いたってこと？」
　そんなこと思いたくないけど……。
「わかんない……ちがうって思いたいけど」
「花恋、そんなこと言われてまで笹本くんの肩持たなくていいよ。きっと笹本くんだよ。昨日の今日で、そうとしか考えられないよっ、ね、智史くん？」
「まあ……そうだろうな」
　腕組みをしながらうなずく智史くんが言うと、かなり説得力があって。
　自分で言ったくせに、やっぱりそうなのかと心がズシンと重くなった。
「自信があったぶんプライドを傷つけられたんだろ。ちっちぇー男だな！」
　侑汰くんの怒りパワーは、さく裂する。
「つーかさ、アイツ男から見るとなんかいけすかねえんだよ。うさんくせーつうか、あんな気味悪い笑顔振りまいてるけど、裏でぜってーなんかあると思ってた！」
「そ、それは……」
　言いすぎかな。
　ちょっとでも、あたしが好きになった人。
　まだ、疑いの段階だし、あたしはそこまで悪く言いたくないし、思いたくない。

　……というわずかな願いを打ちくだかれたのは、それか

らすぐのことだった。
　次の日も、ウワサのせいであたしは肩身の狭い思いをしていた。
　人のウワサも75日……なんて言うけど、あたしはそんなに耐えられないよ。
　そんな中、廊下で笹本くんとすれちがったんだ。
　彼は冷たい目でこっちを見たあと、最後にニヤッと笑ったの……不気味に。
　廊下を歩くのも精いっぱいなあたしを見て、まるで楽しんでいるように。
　それを見て確信した。あの落書きの犯人は、笹本くんでまちがいないだろうって。
　はぁ……。
　気を持たせたあたしにも非があるとは思うけど……笹本くんは、少しでもあたしを好きになってくれたんじゃなかったの？
　あたしが笹本くんを好きだと感じたから、告白してきたのかな。
　こんなふうに手のひらを返すなんて……。
　純粋に、あたしを好きでいてくれたとはまるで思えない。
　笹本くんは……表面だけの王子様だったのかな。
　結局、既読無視の件だって、理由はどうあれ怒っていたってことだし。
　告白、断って正解だった。
　人は上辺だけじゃわからない。

いっぱい話して、いっぱい関わらないと、その人の本質なんて見えない。
　青山くんに対して感じたそれは、笹本くんにもあてはまることだったね……。
　はじめての恋がこんな形で終わるなんて、なんだかとても寂しい気持ちだった。

俺のキモチ。【翔side】

 学校中にイヤなウワサがまん延している。
 数日経っても収まる気配はなく、クラスでも女子たちがそのネタをもとにあることないことウワサしていた。
 ……腹が立つ。
 ときおり廊下で藤井とすれちがうが、ずっと下を向いて俺にも気づいていないようだった。
 きっと、すごく傷ついているんだろう。
 その前に、俺がしたことにも傷ついているはずだ……。
 そんな俺が声をかけることすらできず。
 このままじゃどうしようもねえ。
 モヤモヤとイライラが募った俺は、昼休みに朋美を訪ねることにした。
 ちょうど教室から出てきて、声をかけた。
「朋美！」
 プイッと顔を背けて俺の横を通り過ぎる朋美の気の強さは、昔から変わらない。
 クルクルと巻いた髪をわざと大きく振るその姿は、俺が振ったことをまだ根に持っているんだろうが。
 もともと、朋美から頼まれた彼氏役だし、俺が悪いとも思えない。
「おい、待てよ」
 腕をつかめば、強制的に朋美も足を止めざるを得ないが、

「なによ、もうあたしと話すことなんてなにもないでしょ」
　キッ、と鋭い視線を俺に投げてきた。
「は？　なにもねえって、俺たちが幼なじみなのはこれから先も変わんねえだろ」
　別れ話が成立したとはいえ、普通の別れたカップルとはちがう。
　もともと恋愛感情のなかった俺たちにとって、幼なじみなのはいまも昔も変わらねえだろ。
「鈍感(どんかん)！」
「は？」
　鈍感……て、意味わかんねえし。
「それより、話したいことがあんだよ」
「……なによ」
「笹本のことだよ」
　そう言うと、朋美の顔が一瞬こわばった。
　朋美がふた股をかけられていた相手……。
　……それは、笹本なんだ。
　表面では優男(やさおとこ)を装(よそお)っていい人ぶっているくせに、実は女グセが悪い腹黒男。
　それを一切表へ見せない周到なヤツってとこが、厄介なんだ。
　いろんな女がだまされ続けていて、藤井もまんまと笹本の外ヅラに引っかかったんだろう。
　まあ、朋美もだけど。

あの日。
『ゴホッゴホッ……』
　具合が悪く、保健室へ向かった俺。
　途中、女子とぶつかりスマホを落とすなんてハプニングに見舞われながらも、たどりついた保健室。
『あら、どうしたの？　熱？』
『体がちょーダリィ……』
　そのままベッドへ倒れこんだ俺は、ポケットからスマホの振動を感じたが、見る気力もなかった。
　養護教諭が計れと差し出した体温計を脇に突っこめば、38度の表示。
　早退することにし、なんとか自力で家に帰った俺は、風邪薬を飲んで眠り……。
　夜になってスマホをはじめて確認した。
　そこには、メッセージのポップアップ画面。
『……は？』
　アイコンには、"笹本孝太"の名前。
　忘れもしない、朋美がふた股をかけられた、最低男の名前があったから驚いた。
　連絡先なんて交換した記憶もねえし、そもそも仲なんかよくねえ。
　不審に思いながら中を開いて見てみると、
《オッケー！　じゃあ明日の帰りなんてどう？》
《放課後、校門前の水道付近で待ってる！》
《花恋ちゃんと一緒に帰れるの楽しみにしてるから！》

熱も吹っ飛び、飛びおきてほかの内容も確認すると、またわけのわからないメッセージがズラリ。
「マジかよ……」
　俺のスマホではないとわかり、プロフィール画面を見ると、知らない女３人の画像とともに、〝藤井花恋〟の名前があった。
「誰だよコイツ」
　そういえばスマホを落としたとき、女が３人いたな。
　そのときのことがよみがえり、俺は頭を抱えた。
　知らない番号から着信もあり、きっと、藤井花恋の友達がかけたんだろうと思われた。
　……にしても。
　この藤井ってヤツは、笹本の彼女なのか……？
　……いや、ちがう。
　メッセージの内容を見る限り、付き合うまであと１歩ってとこなのだろうと推測できた。
　この画像のうち、どれが藤井か知らねえが……。
　やり取りの相手が笹本ってことで、妙に気になって仕方なかった。
　朋美が笹本に振られたあと、新しい彼氏ができたと自慢するために、１度笹本に会ったことがある。
　そのときの笹本は、本性丸出しで……俺を見て鼻で笑っていた。
　ムカつく男。
　そう印象づいたが、もう会うこともないと思っていたし、

なんとかその場をやりすごした。
　受験が終わり、朋美は塾をやめた。
　これで二度と笹本と会うこともないだろうと思っていたのだが、笹本が、まさかの第1志望校に落ちたらしく。
　入学して同じ高校にいたのには、俺も朋美も驚いた。
　それでも、もう朋美の気は済んだろうと思い、彼氏のふりは終わりにすることにした。
　いつまでも俺が彼氏のふりをしていたら、朋美にとっても都合が悪いだろうと思ったからだ。
　朋美もくせのあるヤツだけど、高校生になったらまた、彼氏くらいできるだろう？
　笹本はいるが、俺たちが別れた……となっても、一度目的を達成したんだからもういいだろうと思っていた。
　なのに、なんなんだよ、この因縁は……。
　藤井のスマホを手に、なんだかモヤモヤする。
　コイツは笹本の本性を知らないだろう……？
　知らない女が笹本に遊ばれようが、俺には関係ない。
　でも……。
　──ドクンッ……。
　画面右端に映る、少し控えめな女。
　メッセージの文面からしてなんとなく、コイツか？的な推測もできた。
　そうしたら、コイツも朋美のように笹本にだまされててあそばれるのか……？
「……俺には関係ねえよ」

つぶやいてみるが、なんだかスッキリしねえ。
文面を見て、ひっかかることがあったからだ。
やり取りを見る限り、まだそれほど親しくなってはいないようだが。
朋美も、笹本と少し仲よくなって、塾から一緒に帰ったことで急接近して、ヤツからコクられて付き合うことになった……というパターン。
じゃあ、今回も。
一緒に帰って距離が縮まったら……？
気づけば、俺は笹本からの３つのメッセージを削除していた。
俺は人助けをしたんだ。
そう思い、自分の行動を正当化した。
でも、
『……どうして……あんなこと……したの……？』
藤井に責められ、理由が言えない俺は、悲しそうな藤井の顔をまともに見れなかった。
一緒に帰るのを阻止したくせに、スマホの取りちがえで起きたすれちがいだと判明した藤井と笹本は、ある意味もっと急接近したのかもしれない。
俺、という悪者がいるからなおさら。
その証拠に、すぐに笹本が藤井にコクったことがウワサで流れた。
結局、笹本のシナリオ通りになり、俺は悪者のまま。
図書室へ藤井を強引に連れていったのだって、ただの悪

あがきだったんだ。
　俺がメッセージを消したところで、誤解だとわかればふたりはまた急接近する。
　そんなことはわかっていたのに。
　ガキだよな、俺。気持ちを抑えられなくて、藤井にキスなんてしたりして……。
「もうアイツの名前は出さないでって言ってるでしょ！」
　目の前の朋美は、俺に食ってかかる。
　笹本の名前を聞くことは、朋美にとって苦痛でしかないようだ。
　わかってる。笹本のせいで、朋美はたくさん泣いたしたくさん傷ついた。
　でも、今回は……頼む。
「大事なことなんだよ」
「知らないよっ、離してってば！」
　俺たちが付き合っていた……ということは、朋美があちこちでばらまいていたせいで、知っているヤツは知っている。別れたということも。
　そんなふたりが廊下の真ん中でもめていれば、嫌でも注目を浴びる。
　俺は有無を言わさず朋美の腕を引っぱり、このフロア先の人気の少ないところまで連れていった。
「もうっ、ほんとになんなの……」
　いら立ちを隠さない朋美。
　悪いとは思うが、俺だって引きさがれない。

侑汰が言うには、藤井への中傷は笹本のしわざだっていうじゃねえか。
　なんも変わってねえな。
　女にだらしないところも、腹黒いところも。
　藤井のことも、モノにしたらもてあそぶつもりだったんだろうか。
　それにしても、どうして藤井は告白を断ったんだ？
　笹本のことが好きなんじゃねえの？
『付き合うなんて、許さない』
　図書室での言葉。
　俺の素直な気持ちを言ったまでだった。
　ある意味、告白未遂だよな。
　でも、それが脅しだとか思って断ったとか……？
　ああっ、わかんねえよ。
　とにかく、いまはこのウワサをどうにか収束させなきゃなんねえ。
　でも、俺だってやってることは変わらないかもしれない。
　自分本位で藤井を振りまわしてばっかりだ。
　俺にだって、藤井は傷つけられてんだよな……。
　そう思うと、胸がギシギシ痛んだ。
　そんな思いもあって、俺はほかのクラスの黒板に書かれた藤井への中傷を消していったんだ。
「もう、なにすんのよっ！」
　移動しても、朋美の態度は相変わらず。
　俺への恨みはまだ根強いらしい。

なんとか恋人関係は解消させたが、朋美のほうは釈然としてないみたいだ。
　もともとふりなんだし、さんざん笹本の前で見せつけてやったんだから、もういいだろうに。
「黒板に書かれてた中傷、知ってるだろ」
　もちろん朋美のクラスにも書かれていて、俺が消したんだから朋美も見たはずだ。
「それがなに？　あたしには関係ないでしょ、そんな女のことなんて」
　涙をためた目で、俺をキッとにらむ朋美。
　藤井はいまでも朋美の目の敵らしい。
　彼女じゃないと伝えたが、朋美はそれを信用していないっぽい。
　まあ、キスまで見せたんだからな。
「そう言わずに話聞けって」
「痛いよ離して」
　そう言われて、俺は手を離した。
　その手をグッと握りしめて言う。
「あれを書いたの、笹本なんだ」
「えっ……？」
　朋美は眉を寄せる。
「もちろん、根も葉もないデタラメだ」
「で、でもっ……全部うそでもないじゃん！　彼女がいる男をたぶらかした――」
「ちがうって前にも言っただろ？　藤井は俺の彼女じゃね

えよ……俺が……藤井を利用しただけだ」
　自分で言ってて、情けなくなってきた。
　やってること、笹本と変わんねえなって。
「なにそれっ……」
　勢いのあった朋美の目は、次第にゆらぐ。
「じゃあ、好きでもない女にキスしたの？」
　なにも言えなくなる俺。
「もしかして、翔……」
「わっかんねえよ……自分でも」
　クシャと髪をかきあげる。
　藤井の顔を見て、声を聞いて。
　妹へのプレゼントを選んでいるときの無防備な藤井の顔とか、マジでドキッとしたんだ。
　言いよってくる女たちはこれまで大勢いたが、大して興味もなく、朋美の彼氏のふりをしていたくらいだ。
　その俺が、女にドキッとさせられるなんて。
　図書委員で藤井が仕事を押しつけられていたときも。
　ノーと言えずに引きうけた姿にあきれながらも、笹本と一緒にさせてたまるか……そんな想いがあって。
　気づけば、俺が笹本の代わりにやると、あとから申し出ていた。
　それって、いままでの俺なら考えられねえ。
　好きでもねえ女にそんなこと……。
　言葉をなくした俺に、ますます朋美の顔は曇（くも）っていく。
「……知らないよ。あたしには関係ないもんっ！」

「あっ、朋美っ！」
　俺の勢いが少し弱くなった隙に、朋美は走っていってしまった。
　……はぁ……。
　笹本をつぶすために、恨みを持っている朋美の協力を得られると思っていたのに。
　空振りに終わってしまった。
　笹本の本性をばらせるのは、朋美だけ。
　そう思って、朋美に話をしたんだが。
　……なんだよ。
　ガックリして、廊下の窓に頭をつける。
　いままで女のことで、こんなになにかに駆りたてられることなんてなかったのに。
　どうして藤井のことになると、こんなに胸が騒ぐんだよ。
　どうしたんだよ、俺……。

たったひとりの味方。

「花恋、ほんとに大丈夫？」
「大丈夫だよ」
「サボったって平気なんだからね？」
「ありがとう。でも、大丈夫だから」
　今日は月1の定例委員会の日。
　委員会に行けば、笹本くんも青山くんもいる。
　……行きたくない。
　けど、あたしにはサボる勇気なんかなくて、心配する杏ちゃんに手を振り教室を出た。
「はぁ……」
　自然ともれるため息。
　早く行ってもおしゃべりする相手もいないし、またなにをヒソヒソ言われるのかと思うと、足も鈍る。
　いつもの委員会は図書室だけど、改修工事が始まっているため、今日の集まりは旧校舎の図書室。
　フロアをまっすぐ突きすすみ、改修中の図書室を越えたところであの自販機が目に入った。
　あのとき故障中だった自販機は、まだ『故障中』の貼り紙がされたまま。
　胸が、ドクンッという。
　それを目にしただけで、あの日の記憶がよみがえって。
　青山くんと一緒に逃げて、笑いあった昼休みを……。

胸がうずくのを感じながら、自販機の前を通り過ぎた。
　ギリギリに図書室に入ると一番最後だったらしく、委員会はすぐに始まった。
「この間はテスト前にもかかわらず、協力してくれてありがとう」
　仙石先生が、図書室が改修工事に入ったことと、その前の作業も無事に終わったことを報告する。
「1年では、青山と藤井が手伝ってくれたんだったな。2、3年もよく働いてくれた。みんなで拍手ー」
　仙石先生が、図書委員メンバーに向かってそう告げる。
　先生にのせられて拍手が起こるものの、それはパラパラとしたまったくやる気のない社交辞令。
　全員がこっちを見ているけど、どの顔も、感謝という顔ではない。むしろ興味本位で見られている。
　それはそう。だって、"あたし"だから。
　当然みんなはあのウワサを耳に入れているらしく、あたしへ注がれる視線は冷ややかだった。
　当事者を目の前に、ウワサ話こそ出さないけれど、どの顔にも『ウワサを知っています』と書いてある。
　その視線から、ただ逃れるようにうつむくしかなかった。
　逃げ出したい気持ちのまま、なんとか1時間の委員会を終えた。
　机の上に出したペンケースやプリントをサッとカバンに突っこみ、席を立とうとしたそのときだった。
「ねえ」

ひとりの女の子の声が、あたしに飛んだ。
　顔を上げれば、1組から7組までの女子全員の視線があたしに向けられていた。
　……っ、な、なに……？
　一瞬で冷や汗が全身を襲う。
　あのウワサのことでなにか言われるの……？
　次に言葉を発したのは、メイクが派手で、旧校舎への作業を最初に推薦してきた子。
「藤井さん、この間黒板に書かれてたことだけどさ。あれって、ほんとなの？」
「…………」
「いや、ちがうならちがうって、あたしなら言うと思うの。じゃないと、みんなそうだと思っちゃうじゃない？」
「…………」
「だから、ちがうなら否定しなよって思ったんだけどさぁ。黙ってるってことは身に覚えがあるのかなあって」
　サラサラの髪をかきあげながら言うそれは、決してあたしを擁護（ようご）するようなものには聞こえない。
　むしろ、責められているようで胸がキリキリ痛んだ。
　1年の男子も、興味深そうに集まってくる。
「俺も気になってたんだよねー」
「なんであんなこと書かれちゃったの？」
　……その中には、笹本くんも。
　一番後ろの席から、感情の読みとれない目でこっちを見ている。

「……あ……えっと……」
　そんな、ストレートに聞かれても。
　あたしだって……わからないよ。
　全員の視線が集中する中、誰の顔も見られず、目を泳がせるだけ。
　味方なんてひとりもいなくて、ただ、さらし者にされているみたいでものすごく怖い。
　背中を流れる冷や汗なんて尋常じゃなくて、喉もカラカラで、なにか言いたくてももう声すら出せない。
「ねえ、ちがうんだったら、否定くらいしたら？」
「そうだよ。黙ってたら、認めてるようなものじゃない？」
　……どうしよう。あたしだって全力で否定したいよ。
　だけどこんな人数につめよられて、なんて言ったらいいのかわからない。
　静まり返る図書室。
　否定したところで、次にどんな言葉が飛んでくるかなんて考えたら、このままなにも言わないほうがいいんじゃないかって……。
　──バンッ！
　その静寂を破ったのは、机を思いっきり叩く音。
　ビクッと肩を震わせながら音のほうを見る。
　ここにいる全員が注ぐ視線の先は……いまだひとり席についている青山くんだった。
「俺も聞きたかったんだよ」
　ゆっくり立ちあがった青山くんは、こっちに顔を向ける。

うそでしょ。
　青山くんまでそんなこと言うの……？
　胸がキュッと痛くなる。
　……青山くんだけは、そんなこと言わないと思っていたのに。
「だろー？　青山もそう思うだろー？」
　がんばって踏みとどまろうと気張っていた体から、力が抜けてしまいそうになったとき。
「どういうつもりで、あれを書いたのかってな」
　……えっ？
　放たれたのは、予想していない言葉だった。
「書いたって……え、どういうこと？」
　あたしの疑問をそのまま口に出したのは、ひとりの男子。
「んなの、書かれたヤツに寄ってたかって聞くなよ。それよりも俺は、書いたヤツに聞いてみてーよ」
　……青山くん……なにを言いだすの？
　はっ……！
　……青山くんは知っているんだ。あれを書いた人物を。
　きっと、侑汰くんが全部話したんだね。
　あたしが笹本くんから言われた言葉の数々も……。
　ヘラッと笑って青山くんは言う。
「お前らもそっちのほうが興味なくね？　どういう気分で書いたのかってな」
　だけど青山くん。
　可能性は可能性なだけで、まだ100％笹本くんって決

まったわけじゃないんだよ？
　見たわけじゃないし、あくまでも憶測なんだから。
「えっ、青山。あれを書いたヤツ知ってんのか？」
「マジで？」
「誰誰!?」
　一瞬で、みんなの興味はそっちに持っていかれる。
　あたしから離れて、青山くんを取りかこむ。
「知りてえ？」
　みんなが興奮気味な中、ひどく冷静な笹本くんを見ると、やっぱりあれは笹本くんのしわざなのだとますます確信するけど。
「ほら、そこにいるぜ。ひとり涼しげにスカしてるヤツが」
　言っちゃった……！
　名前こそ出していないけど、青山くんの視線は笹本くんを示していて。
「は？　え？　笹本？」
「はあ？　んなわけねえだろ」
　青山くんの視線の先を見てそう言った男子たちが、乾(かわ)いた笑いを放った。
「笹本くんがそんなの書くわけないでしょー」
「また適当なこと言って。そーゆーのやめてよね」
　女子も。
　みんな、だまされたって顔をする。
　そうだよね。
　まさか、笹本くんだとは夢にも思わないよね。

だって、この中で一番そんなことをしなそうな人だから。
　友達も多くまわりからの信頼も厚そうだし、あたしだって、外野のひとりだったら絶対にそう思ったはず。
　人あたりもよくて、王子様、なんて言葉がピッタリな笹本くんなんだから。
「どうかな。とりあえず、笹本に聞いてみようぜ？」
　ガンとした姿勢をくずさず、そう言いはなった青山くんに、みんなも一瞬押し黙った。
　青山くんと笹本くんの視線がぶつかる。
「笹本、あの低レベルで幼稚な落書き、どう思う」
　低レベルで……というところで、顔が引きつったのがわかった。
　言われたことに、カチンと来たのだろう。
「どうって。俺、よく見てねえから知らね」
「はあっ？　テメエが書いたんじゃねえのかよ？」
　しらばっくれようとした笹本くんに近づき、青山くんはグッと胸ぐらをつかんだ。
「あれを書いたのは誰だ」
　低い声で威嚇する。
「…………」
「誰だっつってんだよ！」
「きゃっ……」
　誰かが小さく悲鳴を上げたと同時に、あたしは思わず目をつぶっていた。
「テメエ以外にいねえだろっ！」

──ガッ。

　次に目を開けたときには、笹本くんは軽く２、３メートル後ろに吹っ飛んでいた。

　青山くんが殴ったのだ。

「きゃあっ……！」

　本格的にあがる悲鳴。

　あたしも目の前の光景が信じられない。

　人を殴る、なんて行為を見るのがはじめてだったから。

「……ってえ」

　机と椅子も激しく崩れ、その中に身をうずめた笹本くんを、もう一度青山くんが追いかける。

　そして。

「もう１発殴らせろ」

　低い声で言うや否や、もう一度笹本くんの顔めがけて拳が飛んだ。力強く、まっすぐに。

　きゃっ。

　再び目をつむる。

「……うぐっ……」

　鈍い声が聞こえた。

　息を止めながらおそるおそる目を開けると、苦しそうに口を開きながら床に頭をついて倒れる笹本くんが見えた。

「笹本大丈夫かっ？」

「青山やめろ！」

　笹本くんに駆けよる男子と、青山くんを後ろから羽交いじめにする男子。

「テメエいい加減にしろよっ……！」
　興奮気味に言葉を吐く青山くんは、後ろから止めに入る男子がいなければ、まだ数発殴りに行ってしまいそうなほどの、パワーを持っていた。
　どうしたの、青山くん……？
　どうしてそんなに、本気になるの？
　笹本くんは這うようにして自分のカバンを引っつかむと、少しよろけながらも逃げるように図書室を出ていった。
　なにも反論せずに。
　まわりを見れば、机や椅子が大きく動き、ここはもう図書室とは思えない。
「逃げたのがいい証拠だろ」
　吐きすてる青山くんはかなり息が上がっていて、首筋からは汗が伝っていた。
　——バクバクバクバク……。
　心臓がものすごい速さで鳴っている。
　青山くん……。
　怖かった。怖かったけど。
　味方のいないこの部屋で。
　ただひとり、あたしの味方がいてくれたような気がした。
　青山くんはそんなつもりがなくても、あたしにとっては、すごく救われる思いがしたんだ。
　ここ数日張りつめていたものがふっとゆるんで、涙がひと筋、頬を伝った。

明かされた本性。

「1組の青山くん、笹本くんを殴ったらしいよ」
「うわー、暴力とかサイテーじゃん」
　1年生のフロアは、朝からそんな会話で持ちきりだった。
　私立の進学校での暴力事件という事態に、みんなの関心度の高さもハンパない。
　そのせいで、昨日までささやかれていたあたしのウワサが、いっぺんに消えてしまった。
　早くウワサがおさまってほしいと思っていたけど、皮肉にも、それが青山くんのウワサで消えるなんて……。
　きっと、彼の耳にもこのウワサは入ってるよね？
　自分のウワサが流れるつらさはわかるから、青山くんがいまどんな心境でいるのかを考えたら、胸が苦しくてたまらない。
「ほんとは、あの落書き犯、青山だったりして」
「マジ？　責任なすりつけってわけ？」
「わー、それがほんとだったら最低だな」
　そして、そのウワサはとんでもない方へ動いていた。
　普段の行いを見て、どっちがその可能性があるか……となったときに、笹本くんを疑う余地がないからだろう。
　青山くんは、パッと見無愛想で近寄りがたい雰囲気があるから。
　……なんでこんなことになっちゃうの？

青山くんは、ただ、あたしをかばってくれただけなのに。
なにもできない自分。
　ただ、悔しさだけが胸を渦巻いた。

　昨日はあのあと。
『いまのは青山が悪いだろ』
『突然殴るのはねえよな』
　あの落書きを、誰も笹本くんのせいだなんて思わなくて。
　青山くんだけが悪者になっていた。
　無抵抗の笹本くんを２度も殴ったことはみんなの心象をよくするはずもなく、落書き犯どうの……というよりも、青山くんの非だけを口にしていた。
『藤井さんはどう思う？　ほんとに笹本くんがあれを書いたと思う？』
　そんな問いかけにも。
　まだ確証を得られないから、笹本くんが書いたと思う、なんて言えなくて。
　ただ、黙っているだけだった。
　青山くんをかばうことすらできなかった。
　……ほんと、あたしって弱い人間だ。
　だけど、どうして笹本くんを殴るなんてことをしたんだろう。
　あのときの青山くんの目が、いまでも脳裏に焼きついて離れない。
　見たこともない、怒りだけがこもった瞳。

だって、あたしだよ……？
　あたしのために、あんなに怒りを表してくれて。
『書かれたヤツに寄ってたかって聞くなよ』
　あのときの言葉も、あたしをかばってくれているように思えた。だからこそ。
　ほんとなら、あたしが言わなきゃいけないことなのに、それを代わりにやってくれた青山くんが悪者になっているのなんて、耐えられなかった。

　１時間目が終わった休み時間。
「青山くん、謹慎らしいよ！」
「えー。でも仕方ないかー、殴っちゃったんだもんねー」
　そんな会話が廊下から聞こえてきて。
「それって、ほんとっ……？」
　あたしは思わず廊下に飛び出て、女の子につめよった。
　その子は、少しビックリしたような顔をしたあと。
「う、うんっ……。今日から３日間の謹慎だって。先生が朝のHRで言ってた」
　その子はどうやら１組の子らしく、その話はうそじゃないみたい。
「そ、そう……」
　あたしが勢いをなくしてそう言うと、その子は少し首をかしげながら行ってしまった。
　じゃあ、今日は青山くん、学校に来てないんだ……。
　謹慎……。それは、今後の進路にも関わってくるかもし

れない一大事。
　あたしのせいでそんな汚点を残しちゃってどうするの、青山くん……。

「花恋ちゃん！」
「侑汰くん……」
　あたしを心配して、侑汰くんが昼休みに来てくれた。
　今日は友梨ちゃんに声をかけることもせず、あたしのところへまっすぐ向かってきた。
　いつものようにおちゃらけた雰囲気はまったくなく、侑汰くんも青山くんの謹慎に、胸を痛めているようだった。
　当然だよね。仲間なんだから……。
　教室で話しにくいことだし、そのまま廊下へ出た。
「あたしのせいで、青山くんが……ごめんなさい」
　言って、鼻の奥がツンと痛くなった。
　青山くんに謝れないいま、侑汰くんにせめてもの謝罪。
「花恋ちゃんが謝ることじゃないよ。もともと、笹本がすべてわりーんだから！」
　そう言って、ムリに明るく笑おうとしている姿を見るのがつらい。
「でも……」
「俺は、翔が悪いことしたとはこれっぽっちも思ってない。あんなことするヤツ、殴られて当然なんだよっ」
「でも、みんなはそうだと思ってないし、まちがったウワサが広がってる……」

あの落書きを書いたのは、青山くん……だなんてウワサ。
　誰かが口にした根拠のないウワサは、とんでもないスピードで拡散していた。
　本人が謹慎中で、否定できないのをいいことに。
「でも、俺ならまだしも、翔は見た目ほどケンカっ早いわけでもねえからびっくりした」
　青山くんを、そこまで駆りたてたものはなに……？
「もしかして翔のヤツ……」
　そう言ってあたしをジッと見つめる侑汰くん。
　続けて言った言葉に、あたしは驚愕した。
「花恋ちゃんのこと……好きなんじゃねえのかな」
「っ……ま、まさかっ……！」
　心臓がバクバクと音を立てて鳴り始める。
「ないっ、ないないっ、絶対にないからっ……」
　思うだけでもおこがましいことを軽々口にされて。
　青山くんを好きなあたしからすれば、そんな妄想は苦しいだけ。
　だって、青山くんに好きになってもらえる理由なんて見つからないもん。
「じゃあ……翔はさておき、花恋ちゃんはさ、どうなの？」
　あたし……？
　核心をつかれて、ドキッとする。
「翔と花恋ちゃん、まわりから見てて雰囲気もよかったし、俺はふたりが付き合うことになったらいいなーなんて思ってんだけど」

「なっ……！」
　まるで杏ちゃんみたいなことを言われ、挙動不審になる。
　両手は落ちつきなく宙をぶらぶらし、目線もさまよう。
　体なんてほてりすぎて、もう燃えそう。
「それに……花恋ちゃん見てると、もしかしてって思うこともあって……」
　……どうしてわかるの？
　隠してたはずのこの気持ちを、こんなにも簡単に見破られてしまうなんて。
「翔、とっつきにくいとこあるかもしれないけど、悪いヤツじゃないだろ？」
　悪いヤツじゃないどころか……いい人すぎるよ。
　いっぱいいっぱい優しくしてくれた。
　だから……。
「……うん……好き」
　認めない理由なんて見つからなくて、気づけばそう口にしていた。
「花恋～～～」
　いつの間にか、そばには杏ちゃんと友梨ちゃんがいて。
「よく言ったね！」
　杏ちゃんはギュッと手を握ってくれて、
「そっか、そっか……」
　友梨ちゃんはそっと肩を抱いてくれた。
「あたし……あたしっ……」
　はじめて口にしたら、気持ちがいっぱいになって涙がポ

ロッとこぼれてしまった。
　こんなにも、青山くんが好きなんだって自覚して。
　でもこの恋がかなうことなんて、きっとないよね……。

　今日は木曜日。
　3日間の謹慎ってことは、来週の火曜日まで青山くんに会えない。
　ものすごく、遠く長い時間のように思えた。
　会いたい。
　会いたい。
　こんなにも、誰かを愛おしく思うなんてはじめてのこと。
　ひと目見て、胸がときめいて……なんて単純なものじゃなくて。
　はじめは苦手で嫌悪感さえ抱いた人。
　だからこそ、その人のよさに触れたとき、とまどった。
　自分の心がわからなくて。
　どうしてこんな気持ちになるんだろう。
　この気持ちは、なんなんだろう。
　自分の気持ちなのに、まるで迷子になってしまったみたいだった。
　でも、はじめて知った。
　人を好きになるって、こういうことだったんだと。
　そして。
　はじめて本気で好きになった相手が、いま、こうして苦しんでいる。

あたしのためにしてくれたことで、バツを受けている。
そんなのって、耐えられないよ。
おねがいっ……早く青山くんに会わせて。

放課後、侑汰くんが智史くんとまた一緒に来てくれて、みんなで昇降口へ向かう。
そのときだった。
「あ、朋ちん!」
昇降口に現れた朋美ちゃんを、侑汰くんが呼びとめた。
「なに……?」
ツンとしているのは、侑汰くんが青山くんの友達だからかな……。
きっと、朋美ちゃんは本気で青山くんのことを好きだったと思うし、複雑な想いがあるんだろう。
あたしだって、朋美ちゃんに会うのは青山くんにキスされたのを見られて以来だから、すごく気まずくて仕方ないけど……。
「なあ、朋ちん。翔のことだけど」
「あたしには関係ないってば!」
今日も強気の朋美ちゃんは、そのまま通り過ぎようとするけど。
「朋ちんなら、このウワサがうそだってわかってるだろ?」
「あったりまえじゃん!」
「だったら、力貸してくんないかな」
「はあっ!? なんであたしが!?」

「だって笹本の本性知ってるの、朋ちんだけだろ？」
　笹本くんの本性を朋美ちゃんが？
　なにがなんだかわからないあたしに、朋美ちゃんがチラチラと困ったような視線を注ぐ。
「だとしてもイヤ。あんな鈍感な翔のために、なんであたしが力貸してあげなきゃなんないのよ」
「まあまあ。翔の女ゴコロの読めなさは俺も認めるけどさ」
「うっ……」
　それは、朋美ちゃんが本気で青山くんを好きだったことを指していて。
　言葉につまった朋美ちゃんは、それを素直に認めてしまったということ。
　侑汰くんはさすが、女心が読めてるんだなぁ。
「あのバカ！　ほんっとにムカつくんだから！」
「ああ、アイツはバカだよ。でも」
　侑汰くんが朋美ちゃんをまっすぐ見る。
「そのバカが……朋ちんの幼なじみが、困ってんだよ」
　それは、心底青山くんを思いやるような目で。
　そんな侑汰くんの表情に心を打たれたのか、あきらめたようにうつむく朋美ちゃん。
　ふたりがなにを言わんとしているのか、あたしにはわからないけど……。
「……あたしだって、あんな男にもう関わりたくないよ」
　消えいりそうな声で、ボソッとつぶやく。
　あんな男……？

それって、笹本くん……？
　朋美ちゃんと笹本くんの間に、なにかあるの？
「それはわかる。でも、翔を救えるのは、いまは……」
　侑汰くんは、少し伏し目がちにあたしをチラッと見て。
「朋ちんしかいねえだろ？」
　──ズキン……。
　あたしには、やっぱりなにもできないんだ……。
　でも、傷ついている場合じゃない。
　朋美ちゃんが、青山くんを救えるなにかの手立てを持っているなら、救ってほしい。
　あたしにできないのなら、なおさら。
「あたしからも、お願いしますっ！」
　話の内容は見えないけど、あたしも声をあげた。
　青山くんを救いたい気持ちは、あたしだって侑汰くんと同じ。
　ううん、あたしのほうが強いって思いたい。
　でも、あたしにできないんだったら、朋美ちゃんに託すしかない。
「も～、ふたりしてなんなのよ～～」
　困りはてて泣きだしそうな目をする朋美ちゃんは、そのまま身をひるがえして行ってしまったけど。
　……きっと、朋美ちゃんなら青山くんを救ってくれる。
　そんな気がした。

　それは、翌日の放課後のことだった。

廊下が妙にざわついて、胸が反応する。
　そうなる原因が、また青山くんのことじゃないと完全否定できないから。
　また誰かがなにかをウワサしているの……？
　引きよせられるようにそのざわつきの元へ足を運べば、それは２組の前で、少し人だかりができている。
　足を早めてそばへ寄ると、甲高い女の子の声が聞こえてきた。
「いい加減にしてよねっ」
　この声って。朋美ちゃん!?
　忘れもしない。
　青山くんとはじめて会った日、すごい剣幕で迫られたときのような声だったから。
「もうさ、あたし我慢できないの」
　朋美ちゃんが向かっている相手は……。
「……っ」
　思わず、手を口にあてた。
　だって、その相手が笹本くんだったから。
「いったい、いつまで同じこと続ける気？」
　まくしたてる朋美ちゃんに対して、笹本くんはひと言もしゃべらない。
　いや、しゃべらない、というより、しゃべれないのかもしれない。
　目をパチパチさせて、それは相当驚いている様子。
　あたしも状況がのみこめず、固唾(かたず)をのんでそれを見守っ

ていた。
「あのね、みんな。この人にだまされてるから」
　少し落ちついた様子でまわりに向けてそう言った朋美ちゃんは、次にとんでもないことを言った。
「あたし、中学のときにこの人と付き合ってたの」
　ええっ……！　朋美ちゃんが笹本くんと……？
「な、なに言ってるのかな。きみと付き合った覚えなんてないけど」
　はじめて笹本くんが言葉を放った。
　かなり顔を引きつらせながら。
「はあっ!?　ほんっと最低なんだけど。そんでふた股かけてあたしを捨てたくせに！」
「えっと、なんのことだかさっぱり……」
「てかさ、ふた股どころか、3股4股もしてたみたいじゃん」
　うわ。
　青山くんがニセ彼を引きうけた原因は、まさかの笹本くんだったとは……。
　だから、か……。
　青山くんが、あそこまで笹本くんに怒りを表したのは。
　落書きのことだけじゃなくて。
『もう1発殴らせろ』
　朋美ちゃんのことと、ふたつを成敗しようとしたのかもしれない。
「手順はいつも一緒。優しくして好きにならせて落としたら終わり。そのあとはちがう女の子にいい顔して同じこと

の繰り返し。ばっかじゃないの？」
「……っ」
「そんなアンタなんて、翔に殴られて当然なんだから！」
「おいっ！　黙れ！　……あっ……」
　とっさに手を口でふさいだけどもう遅い。
　そんな暴言を吐いた笹本くんに、王子様の片鱗はもうなくて。
　え、あの笹本くんが……と、この場がざわっとした。
「プライドばっかり高くて。ちょっとカッコいいからって、みんなが自分を好きだと思ったら大まちがいなんだから！」
　……朋美ちゃん……。
『朋ちんにしかできない』
　あれは、そういう意味だったんだね……。
　あたしは祈るような気持ちで、ことの成り行きを見守る。
「その外見にだまされたバカな女はどこのどいつだよ！」
　剥がれた化けの皮は、もう元に戻せなくなったらしい。
　目をむいて、笹本くんがついに反撃に出た。
　朋美ちゃんも、待ってましたとばかりに言葉を投げる。
「ほんっと、一生の汚点だし！　あの陰湿な黒板の落書きだって、アンタのしわざなんでしょ？　認めなさいよ！」
「ああそうだよ！　俺に恥かかせたヤツがわりーんだろっ！　恥かかされたぶん、痛い目見ろってんだよ！」
　やっぱり。
　少し、胸が鈍く痛んだけれど。

……これで青山くんへの誤解がとけた。
　そっちの安堵感のほうが強くて、あたしはその場にヘナヘナとしゃがみこんでしまった。
　落書きを認めた笹本くんに、辺りは一瞬サーッと潮が引くように静まり返り、直後、ざわついた。
　今度はちがう意味で、ガヤガヤとうるさくなる外野。
　それは、どれも笹本くんに白い目を向けると同時に発せられて。
「……っ、なんだっつーんだよ。見てんじゃねえよ！」
　笹本くんは、その外野にもキレる始末。
　うわ。笹本くんの本性って、思った以上に毒々しかったんだな……。
　ほんと、だまされちゃったよ……。
「さいってー」
「笹本、お前ひでーな」
　もう誰も笹本くんを擁護する人なんていなくて。
　みんなに哀れまれていた頬のアザは、まるで自業自得と書いてあるように見えた。

「朋ちん、ありがとな」
「べっつに」
　あれから笹本くんは逃げるように立ちさり、野次馬たちもいっせいにいなくなった。
　侑汰くんからお礼を言われても、相変わらずツンとした態度の朋美ちゃん。

でも、ちょっと照れているようにも見えた。
朋美ちゃんは、ほんとに青山くんのことが好きなんだね。
あたしたちが言ったからじゃない。
好きな人のために、誤解をといてあげたくて。
その想いだけで、朋美ちゃんは動いていたんだと思う。
すごい勇気だったな……。
あたしにとっては、朋美ちゃんはライバルだけど。
「どうもありがとう」
心の底から、感謝して言う。
チラッとあたしを横目で見る朋美ちゃんからは、『ライバル視してます』ってにおいがプンプンした。
あたしが青山くんを好きだってこと、バレてるのかな。
あたしよりもずっとずっと青山くんを知っている朋美ちゃんには、勝てる気は全然しないけど。
はじめて誰かのことをこんなに好きになったんだから。
今回は、自分から積極的にぶつかってみたい。
青山くんを好きって証を、ちゃんと示したい。
恐れずに、真正面から……。
いつも色んなことから逃げていたあたしが、こんなふうに思えるようになったのも……青山くんのおかげだよね。
だから、ちゃんと伝えたい。
青山くんが、好きです……って。

きみが好き。

　週が明けて月曜日。
　まだ、謹慎のとかれていない青山くんは学校に来ることができない。
　笹本くんはというと……金曜日にあんなことがあったせいか、今日はお休みしているみたい。
　ウワサというものは、新しいものにすぐ変わるようで、今日は笹本くんに関するウワサ話が朝からやまない。
「よかったね。花恋も青山くんも誤解がとけて」
「ありがとう」
　……そう。
　あたしも青山くんも、結局は誤解だったんだ。
　ウワサはウワサ。
　それに引きかえ、いま出まわっている笹本くんの話は事実。……自業自得だよね。
「やっと落ちついて学校生活送れるね〜」
　自分のことのようにうれしそうに言ってくれる友梨ちゃんと、
「笹本くん、ざまあみろーだよねっ」
　かわいい顔をぎゅーっとつぶして毒づく杏ちゃんの言葉は正しいかもしれないけど。
　青山くんの名誉挽回(ばんかい)と引きかえに出まわったそれ。
　ウワサの的になるという気持ちを知ったあたしは、少し

複雑な心境だった。

　放課後。
　図書委員の役目であるカウンター仕事の当番を終えて、図書室を出る。
　もう改修工事に入っているから、当番も旧校舎の図書室。
　いまは、渡り廊下の扉も常に開いているから、旧校舎の図書室が怖いなんてことはない。
　新校舎に戻り、改修中の図書室の前を過ぎると、あの自販機が目に入った。
　……青山くん……いま、なにしてるかな。
　どうしても、この自販機を見ると青山くんを思い出して胸がうずいてしまう。
　今日もまだ謹慎中。
　その理由だけを聞けば悪いのは完全に笹本くんだけど、殴ってしまった事実に対しての謹慎だから仕方ない。
　誤解がとけたのは、きっと侑汰くんから聞いているはずだよね。
　ふと、自販機の前で足を止めて。
　──ガンッ。
　軽く叩いてみた。
　意味はないけど、なんとなく。
　ただ、あのときの青山くんを思い出してマネしてみたくなったんだ。
　青山くん、一生懸命叩いてたな。

——ガンッ、ガンッ……。
　誰もいない静かな放課後なのをいいことに、あたしは自販機を叩き続けた。
　すると。
「コラッ、そこでなにしてる！」
　背後から聞こえた低い声に、あたしの肩はビクッと上がった。
　……ヤバい。先生に見つかっちゃった。
　あたしは目をつむって肩をすくめる。
　……ああ、なんてことしちゃったんだろう。
　あたしどうかしてたよ。
　ひとりのあたしに〝逃げる〟なんて選択肢はない。
　目をつむったままクルリと振り返り、
「す、すみませんっ！」
　腰が折れるんじゃないかってくらい頭を下げた。
　いままで平和に過ごしてきたのに。
　目をつけられるような生徒じゃなかったのに。
　……あ。でももうスマホの件で目をつけられてるのかな。
　この間、青山くんだけ怒られて、あたしが逃れたツケがいまごろまわってきたのかも。
「クックックッ……」
　あ、れ？
　怒られると思ったのに、聞こえてきたのは笑い声。
　ゆっくり頭を上げて見えたその顔に驚愕した。
「ど、どうしてっ……」

あたしを見て笑っているのは青山くんだった。

手を口にあてて、ぼうぜんとする。

会いたいと願っていた人が目の前に現れて、夢なんじゃないかと思う。

でも、今日はまだ月曜日。

謹慎中のはずの青山くんが、どうして……？

「……っ……くっ……」

自然と涙が出てしまった。

やだ、どうしよう……。

青山くんは、そんなあたしの手を無言でつかむと、図書室の前まで連れていき、扉に手をかけた。

いまここは改修中だから立ち入り禁止になっていて、それを告げる札も立っている。

だけど。

──ガラッ。

扉は簡単に開いた。

……立ち入り禁止って札があるのに、鍵をかけないのは屋上と一緒みたい。

そう書いておけば、開けたりするような生徒は普通いないんだろうな。

……青山くんみたいに例外な人もいるけど。

「すげー久しぶりに学校来たーって感じだなー」

青山くんはあたしの手を離すと、そのまま伸びをしながら窓辺に近づいていく。

あたしが涙をこぼした理由も聞かずに。

そんな青山くんを、窓から差しこむ夕日が照らす。
「あ、あの……なんで……」
　涙をぬぐって口にすると、心臓がバクバクするのを感じた。
「ん？　謹慎中なのに、どうして学校にいるのかって？」
　こっちを振り返りながら、聞きたいことをそっくり言ってくれた青山くんに、あたしはコクコクとうなずく。
「反省文提出に来た。明日で謹慎とけるけど、その前にちゃんと反省したかどうか審査するって言われたから」
「そ、そうなんだ……」
　ビックリした。
　てっきり、明日まで学校に来ないと思ってたから油断してた……。
「誤解、とけたってな」
　そうだった……！
　サラリと口にした青山くんに、とんでもないことを思い出す。
「あのっ、あのときはどうもありがとうっ……」
　結局、あの日のお礼も言えてないままだったんだよね。
　集中攻撃を受けていたとき、かばってくれたことへの。
「ん」
「青山くんがあのときああ言ってくれなかったら、あたしどうしていいかわからなかったし。でも……」
　そのせいで、青山くんは笹本くんを殴って、謹慎なんて事態になってしまった。

それを思うと、あたしだけ万々歳って顔もできない。
「手を出させちゃったのは、あたしのせいだよね。ごめんなさい……うっ」
　そこまで言って、言葉につまってしまったあたしに。
「つうか、謝るのは俺のほうだろ」
「……え？」
「メッセージ消したこと」
「あ……」
　でも、その理由はわかった気がした。
　幼なじみの朋美ちゃんを泣かせた相手が、また同じことを繰り返そうとしてると思ったら、許せなくて当然。
「ううん、ありがとう」
　むしろありがとうなんだ。
　メッセージが残っていたら、あたしは笹本くんに泣かされる未来に向かって進んでいったにちがいないんだから。
　あたしがそう言うと、青山くんはホッとしたように優しく口角を上げた。
「笹本の悪事が全部暴かれてよかった」
「う、うん……」
　それは全部朋美ちゃんのおかげ。青山くんだって、それは侑汰くんから聞いて知ってるはず。
　朋美ちゃんは……またあらためて青山くんに告白したりするのかな……。
　あのときはニセのカップルで、それを終わらせるために青山くんは別れるって方法を取ったけど。

朋美ちゃんがちゃんと告白すれば、それはまた別の話かもしれない。
　朋美ちゃんの真剣な想いを知って、今度はちゃんと付き合うかもしれない。
　あんなにも、青山くんのことを想ってる朋美ちゃんなんだから……。
　今回、あたしにはなにもできなかった。
　朋美ちゃんの行動に心が打たれて、青山くんの気持ちは朋美ちゃんに向くかもしれない。
　そうなったとしても。その前に。
　あたしだって、ちゃんと想いを伝えたいよ。
　可能性なんて、全然ないけど。
　想いを伝えるくらいは、いいよね……？
　杏ちゃんや侑汰くんたち、みんなの前で口にした想い。
　それは、一番伝えたい人に伝えなきゃ。
　目の前の、青山くんに。
「あのっ」
「ん？」
　机の上に腰かけ、背後から夕陽を浴びた青山くんの顔は、ハッキリ見えない。
　それがかえってよかった。
　ハッキリ顔が見えるより、少しだけ緊張がほぐれるから。
「青山くんが、好きですっ……」
　好きな人に、好きになってもらえるだけが恋愛じゃない。
　ダメもとだって、想いを伝えることも大切。

可能性なんてこれっぽっちもないけど、あたしのために犠牲（ぎせい）を払ってくれた青山くんへ、素直な想いを告げた。
「はあっ……っ」
　言って、頭の中は真っ白。
　告白って、こんなにエネルギーを使うものなの？
　だってもう、全身の力が抜けて倒れてしまいそう。
　逆光のせいで、いま青山くんがどんな顔をしているかよく見えない。
　……どうしよう。
　とまどってるのかな。
　それとも、迷惑そうな顔をしてる……？
　わからないのも不安。
「……じゃあさ」
　そんな中。ゆっくり、青山くんが言葉を落とした。
「もっと、俺のそばにおいで」
　机の上で体の両脇についていた手が、広げられた。
　……えっ？　な、なに……？
「ほら」
　だけど。
　その甘いささやきに引きよせられるように、青山くんのもとへ足が動いていく。
　距離が、１歩２歩と近づいて……手が届く距離になったとき。
「っ……！」
　グッと腕を引きよせられて、あたしの体は青山くんの胸

の中にすっぽり収まっていた。
　——ドクドクドクドクッ……。
　あたしの鼓動は、青山くんの胸という壁を通じてあたしの体に跳ね返ってくる。
　それほど密着した体に、もう頭がパンクしそう。
　どうなってるの……？
「俺も」
「…………」
「俺も、好き」
　ビックリするような声が聞こえて、驚いて体を離そうとしたところをまた青山くんがギュッと抱きしめてきた。
　うそ。
　いま、青山くん、『俺も、好き』って言った……？
　心の問いかけに答えるように、その手に力が加わる。
　ほんとに……？
「花恋」
　はじめて名前で呼ばれてドキドキする。
「花恋は、お人よしなんかじゃねえよ」
「…………」
「ただ、いい人、なんだよな」
「……っ」
　ゆっくり体が離されて、至近距離で目に映ったその口もとは、やわらかく弧を描いていた。
　イヤって言えずに、断れなかったり。
　適当に人に合わせたり。

それがかえってまわりに迷惑になると言った青山くん。
　その通りだった。
　そんなお人よしな自分がイヤだった。
　お人よしって、褒め言葉なんかじゃないもん。
「そんな花恋に、いつの間にか惚(ほ)れてた」
　だけど。
　青山くんは、そんなあたしを認めてくれた。
　お人よし、じゃなくて、いい人、って。
　そして。
　好きな人に……青山くんに、好きになってもらえた。
　それが夢みたいで、うれしくてうれしくて……。
　ポロポロと涙がこぼれてきた。
「……あたし、こんな自分が好きじゃなかった。なんでも人に合わせるのは楽だったけど、イヤだった……。それじゃダメだって気づかせてくれたの、青山くんだよ。ちゃんと言ってくれて、ありがとう」
　これからは、自分の意思をちゃんと伝えられる気がする。
「翔って、呼べよ」
　少しかすれた声が、鼓膜(こまく)を震わせる。
　熱を帯びた手が、頬をなでる。
「……翔……くん」
　名前呼びなんて、ハードル高すぎて心臓飛び出ちゃいそうだよ。
　そっと口にして、見上げるように視線をうつすと。
「ああもう我慢できねえ」

翔くんは後頭部をそっと手で押さえ、あたしの唇に唇を重ねた。
　はじめてのときよりも、2回目のときよりも、長く、甘く……。
　……夢みたい。
　体がふわふわと、どこかへ飛んでいってしまいそう。
　あたしは幸せに浸りながら、翔くんの白いシャツの背中を、ギュッとつかんだ。

「え～～～うっそ————！」
　翌日。
　朝の廊下に杏ちゃんの叫び声が響きわたった。
　それは……。
「まあ、ね……」
　色っぽく髪をかきあげる友梨ちゃんの頬は、いつになく赤く染まっていた。
　なんと！
　昨日、友梨ちゃんが侑汰くんに告白したっていうからビックリ。
「友梨ちゃんすごいよ！」
　あたしだって大興奮。
　だって、いままでその気なんて見せず、むしろ邪険にしていたはずの侑汰くんに告白しちゃっただなんて。
　どうなってるの？
「もともと、悪い人なんて思ってなかったよ？　明るくて

裏表なくてまっすぐだし。でも……」
　友梨ちゃんが、真剣な目であたしを見る。
「花恋のことで一生懸命になってた彼に、なんかすごく胸を持っていかれたんだよね。友達のために、こんなに真剣に考えられる人、素敵だなって。もうこんな人いないかもしれないって思ったら、告白しちゃってた」
　えへ、って笑う友梨ちゃんがすごくかわいかった。
「ね、ね、そのときの侑汰くんの反応は？」
　うん、あたしもすごく聞きたい。
「わはっ、いま思い出しても笑える〜。白目むいて倒れそうになってたよ」
「きゃははっ、そりゃそうだよ〜。いままでツレなくしてた友梨ちゃんから告白なんてされたらね〜」
「人が一生懸命告白したっていうのに、『罰ゲーム？』なんて言うんだから」
「あたしだってそう思ったもーん」
「ふははっ」
　ふたりの言葉にあたしは笑う。
　これはもう、侑汰くんの粘り勝ちだよね。
　友梨ちゃんをすごく想っていたからこそ、友梨ちゃんの心が動いたんだから。
　昨日からずっと、青山くんに告白したことをみんなになんて報告しようかずっと考えていたんだけど、これは予想外の展開で。
　言うタイミング、逃しちゃったな。

どうしよう、と思っていると。
「友梨ちゃぁあああん！」
　そこへ、テンションの高い侑汰くんと、
「おはよう」
　さわやかな智史くんと、
「はよ」
　あおや……翔くんが現れたから驚いた。
　わわっ、このタイミングで来る……？
　──ドクンッ……。
　でも、朝から翔くんに会えて……うれしい。
　胸は正直に反応した。
　そして。
「花恋、おはよ」
　あたしのそばへまっすぐ歩みよってきた翔くんの手が、ポンッとあたしの頭の上に置かれたものだから、この場は一瞬シーンとなって。
「えっ、えっ……」
　杏ちゃんは目を大きく見開いているけど、あたしだって同じく固まってしまう。
　この状況、どう説明する？
　だって、まだみんなにも報告できてないんだから……。
「お、おはようっ」
　あたしは翔くんにそう言ってから、
「杏ちゃん友梨ちゃん、あのねっ……実はあたしも……昨日翔くんに告白したの」

きっと真っ赤になっているであろう顔で、報告した。
「えっ、えっ……」
「う、うそっ！」
　ふたりが驚愕する中、
「そ。俺ら、付き合うことになったから」
　あたしの肩を引きよせ、みんなの前で翔くんがそう宣言した。
「え—————————っ！」
　4人の驚き声が、朝のさわやかな廊下に迷惑なほどこだましました。
「はっ！　なんだよそれ」
「ちょーっと花恋、どういうことなの———っ？」
「おい翔!!　いったいどうなってんだよっ！　抜け駆けか！」
「聞いてないし！」
　侑汰くんたちも知らなかったみたいで、集中攻撃を浴びるあたしたち。
　どうしようっ……。なんか、怖いっ。
「逃げるかっ！」
　突然、翔くんがあたしの手を取った。
　えっ？
　翔くんの目は、イタズラに輝いていて。
　……それはそれで、なんだかワクワクして。
「うんっ」
　あたしはその手をギュッと握ってうなずくと、ふたり

いっせいに駆けだした。
「あっ、逃げた！」
「ちょーっとちゃんと説明しなさいよ——！」
「おいこらっ！　待て——」
　翔くんの温(ぬく)もりが、しっかりあたしをつかんで離さない。
　だから、あたしもこの手を離したくない。
　ずっとずっと、翔くんのとなりにいたいよ。
「もっと走れ！」
「ええっ！　もうムリ！」
「ふはっ、超(ちょう)楽しー！」
「ふふっ」
　あたしは、翔くんの手を、ギュッと握り返した。
　きっと、これから楽しくて輝いた毎日が待っている。
　そうだよね。翔くん……？
　想いが通じたのか、見上げたあたしに、やわらかく微笑んだ翔くんの瞳がぶつかった。
　廊下には、幸せの足音が響いていた。

fin.

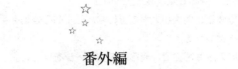

番外編

似たもの同士じゃなくても。【翔side】

「あと１週間で夏休みだ〜〜〜！」
　昼休み、侑汰が大声を出しながら１冊の雑誌を手に俺の席へとやってきた。
　前の席は智史で、俺らにあるページを見せる。
「なあなあなあ、例の花火大会載ってたぜ！」
　それは来週末に行われる花火大会の情報。
　『カップルで行く花火大会』なんて見出しがついている。
「おー、これじゃん、これこれ！」
　俺はその雑誌を手に取った。
　花恋との付き合いから１ヵ月弱が経過し、交際は順調に続いていた。
　それはみんなも同じで、この花火大会にも６人で行くことが決まっている。
『花火大会に行かない？』
　花恋にそう誘われたときは、よっしゃ！と思ったが。
『６人で』
　続けて言われた言葉に、ガクッと来たのはここだけの話。
　俺らは全員が友達同士だから、なにをするにしても６人で……というのが多い。
　休み時間や昼休みに、８組まで行くときは侑汰や智史も一緒だし、そうすれば必然的に６人でしゃべることが多くて、ふたりきりっつーのはあんまりない。

俺は、ふたりになるのを望んでんだけどな。
花恋は俺とふたりより、6人のほうが楽しいのか……？
……楽しいよな、そりゃあ。
まあ、それは性格の問題なのか、6人でいるときは侑汰や三浦が主にしゃべっていて、花恋は聞き役にまわってることが多いし。
だからこそ、俺はふたりになりたいんだけど？
「俺らってさー、性格的にも不思議な組み合わせだよな」
侑汰はルーズリーフを1枚出すと、おもむろになにかを描きだした。
それは、男女の絵で、俺たちの似顔絵らしい。
それぞれの特徴を踏まえ、スルスルと描かれていく俺たち。
「ふっ……」
「笑ったな！」
思わず笑いがもれてしまった俺に、侑汰がかみつく。
「そうじゃねーって」
侑汰は絵心があってイラストがうまい。
そこにあるのは、ちょっとユーモアも交えた漫画のような2頭身の人物絵。
俺が笑ったのは、花恋の母親が描いたっつー俺の似顔絵を思い出したからだ。
あれはないだろうよ。
あれを持って、俺のところへ来た花恋も花恋だけどな。
「女子3人も性格が結構バラバラだけど、俺らもじゃん？」

そう言ってスルスルと動くシャーペンの先。
　あっという間に６人の絵が完成し、それぞれカップルごとに赤いペンで矢印が引かれた。
「でもさ、性格的にしっくりきそうなのはこうじゃね？」
　そこに青いペンで、新たな矢印が書きこまれる。
「慎重派でまじめな智史には、同じくまじめでちょっと控えめな花恋ちゃん」
「はあっ？」
　俺が声を荒らげたのは、俺と花恋に結ばれている線をぶったぎるように、智史のところから青い線が引っぱられたからだ。
「まあまあまあまあ」
「っ、んだよっ」
　性格上で言ったら……の仮の話にしてもなんだかおもしろくないと感じる俺は、心が狭いんだろうか。
　性格上でも、この６人の中で俺と花恋に矢印がつながらないのもおもしろくねえ。
「じゃあ俺は誰となんだよ」
「待ってろって。えっと、クールでスカしてる翔には……」
「スカしてるってなんだよっ！」
　言い方ってのがあんだろ。
　いちいちムカつく男だな、侑汰は！
「クールビューティー友梨ちゃん！」
　へー……。やっぱそう来るか。
　てか、自分の女をほかの男にくっつけてもいいのかよ。

……まあ、紙の上だけだしな。
「で、ミーハーでお茶目な杏奈ちゃんには、元気いっぱいの俺」
「おー」
　おーじゃねえよ、おーじゃ。
　智史、感心してる場合かよ。
　自分の女が別の男にくっつけられてんだぜ？
　……心が広いな。
「でも、性格が似たり寄ったりしてないから、うまくいくってこともあるだろ？」
「智史、いいこと言うな！」
　俺は、身長が178センチとほぼ同じの智史の肩を抱いた。
　たしかに、似たような性格だからって収まりがいいわけじゃないだろう。
　第一、智史と花恋がふたりきりになって、どんな会話をするのかと思うと想像できねえし。
　実際、俺らも花恋たちも、自分とちょっとタイプのちがう友達とつるんでいるわけだし。
　ちがう性格だからこそうまくいくんだよな！
「それはそうとさ！　花火大会！」
　侑汰が雑誌をバシッと叩いて話を元に戻す。
「俺さ、ここでバシッと決めたいんだよ！」
「決めたい？」
　俺と智史の声がハモる。
「えっ、お前ついに……！　でもさ、花火大会ってアレだろ。

女って浴衣とか着てくるんじゃねえの？　そしたらいろいろ面倒だろ。着つけとか自分でできるとも限らないし」
　侑汰もやるなあ。
　俺には……はじめてでそれはムリだなあ……。
「はあっ!?　バカッ！　なに想像してんだよ！」
　さっきまで書いていた相関図を丸めて、侑汰に頭をはたかれる。
「……にすんだよ！　言ってきたのそっちだろ！」
「お前の妄想はいやらしい」
「だって、バシッと決めるっつたら、なあ？」
　わけがわからず智史にも振るが、クスクスと笑っているだけ。
　……なんだ？
　ちがうのか？
「そこまで求めてねーっつうの。まず第１段階があるだろ！」
「第１段階？」
　俺の頭には思いっきり、ヤるってことしか浮かばなかったが……。
　浴衣じゃそりゃ大変だろうって……。
「まだキスもしてないらしいよ」
　こそっと、智史が俺の耳もとで告げる。
　ん？　マジか！
　侑汰、また遠峯とキスしてねえのか？
　俺が侑汰を見ながら目を見張ると、侑汰は気まずそうに

目をそらした。
　付き合ってから1ヵ月弱。
　侑汰のことだから、そんなのとっくに済ましてると思ってた。
　てっきり、その先だってありえると思っていた。
「い、いやあ、だってさ、あの友梨ちゃんだぜ？　綺麗で美人でクールビューティーで」
「おいおい全部それ一緒じゃんかよ」
「とにかく！　あの友梨ちゃんの唇を奪うなんて、俺でさえめっちゃ緊張すんだよ」
　こんな侑汰でも、緊張することなんてあるんだな。
　キスなんてあいさつ代わりにサクッと済ませそうなヤツなのに。
「なんだよ情けない」
「ははは」
「おいっ！　のんきに笑ってる智史！　てことは、もうお前は杏奈ちゃんとキスくらいしたんだろうな！」
　笑った智史が、逆に振られる。
　えっ……と真顔に戻った智史は、とたんに顔を赤らめた。
　その反応は……。
「えっ、マジ？　智史でさえキス終わってんの？」
　智史はまだだろうと思っていたのか、侑汰はとたんにあわてだした。
「……ま、まあな」
　メガネを上げなおし、その奥に見える瞳はかすかに泳い

でいた。
　へ〜。
　智史のヤツもいっちょまえにね。
　俺のほうがニヤニヤしてしまう。
「なぬー！　智史がキスするとか想像できん！」
「なっ……」
「メガネ外すの？」
「なわけねーだろっ……、アホッ……」
　そのときのキスを思い出したのか、智史の顔はもうゆでだこみたいに真っ赤だった。
「うわあぁぁぁ。ますますプレッシャーだよ。女子ってそーゆー話するだろ？　友梨ちゃんだけまだ……とか。ヘタレ男だって思われる」
「あの、俺は……」
　聞かれてねーけど……と、声をはさむと。
「翔なんてとっくにしてんだろ！　見てりゃわかんだよ」
　あ、そうかよ……。
　俺は答えるまでもなかったらしい。
　まちがいじゃねえし。
　付き合う前に２度もキスを済ませちまってるし……。
　やっぱ、女子ってそういうの気にするよな。
　生まれてはじめてのキスじゃないにしても、彼氏とのファーストキスは、やっぱり特別だよな。
　付き合う前に、俺の身勝手で２度もキスを済ませてしまった俺たち。

……花恋、ごめん。
　心の中で謝るとともに、目の前の初々しいふたりを少しうらやましく思った。

モヤモヤ。

「ねえねえ見て！　この雑誌」
　夏休みまであと１週間となった今日。
　昼休みに、杏ちゃんがある雑誌をカバンから取り出した。
「今度行く花火大会とか特集されてるの！　あと１週間だよ！　みんな準備はOK？」
　杏ちゃんが目をキラキラ輝かせて言う花火大会とは。
　夏休みに入って最初の土曜日に、地元でちょっと大きな花火大会があるんだ。
　去年まではずっと友達と行っていたんだけど、今年は、あたしと翔くん、杏ちゃんと智史くん、友梨ちゃんと侑汰くん、つまりトリプルデートしようってことになって。
　もうそれは楽しみで仕方がないの。
「うん、OKOK！　浴衣もちゃんと出したし」
「あたしも浴衣ちゃんと買ったよ！」
　いままで、花火大会には私服で行っていた。
　そもそも、浴衣なんて持ってなかったし。
　でも、彼氏と行く花火大会に浴衣を着るのはお約束だよ！なんて杏ちゃんに言われて。
　これを機に買ってもらったんだ。
　白地に、暖色系のお花の絵があしらわれたかわいい浴衣。
　ひと目惚れしちゃってすぐに決めたの。
　髪の毛は、お団子も考えたけど、サイドを編みこみにし

て浴衣の柄によく合うバレッタでアップすることに決めた。もう何度も練習したんだから。
　……翔くん、どう思うかな……。
　かわいいって思ってもらえるかな……。
　花火大会だけじゃなくて、この夏は６人で海へ行ったりバーベキューしたりする予定もある。
　高校に入ってはじめての夏休み。
　そして、彼氏がいるはじめての夏休み。
　考えただけでも胸がワクワクしてきちゃうよ。
「あたしも今年浴衣買っちゃったんだ〜。どんな花火が見られるかな〜楽しみ〜」
「杏奈は毎年この花火大会に行ってたんでしょ？　男と〜」
「そういうこと言わないでよっ！　あくまでも仲間だし。それに、花火は誰と見るかで変わるの！　今年は智史くんと見るんだから」
「じゃあ来年は？」
「ちょっとー友梨ちゃあん？　本気で怒るよー」
　ぷうっと頬をふくらませた杏ちゃんがかわいい。
　あたしには男の子の仲間なんていないから、男の子が交じっての花火大会なんてはじめてだし、それに、翔くんは彼氏だしっ。
　うわあ……。
　やっぱり楽しみより緊張のほうが大きいかも。
　翔くんとの交際は、順調に続いている……と思う。
　男の子と付き合うのがはじめてだから、なにをもって順

調というのかちょっと不明だけど、ケンカもなく、仲よくできている。
　帰りはたまに駅まで一緒に帰っているし、お茶したり買い物したり……っていうデートも楽しんでいる。
　でも、やっぱり６人で……のほうが多いかな？
　それでもみんなでワイワイ楽しいし、たまーにふたりになるときのドキドキがまた新鮮だったりするから、こういう付き合いもいいなって思うんだ。
　翔くんと付き合い始めたこと、学年でウワサになるかと思ったんだけど、意外とそうでもなくて。
　もうウワサの的になるのはイヤだから、それはそれでちょっと安心していた。
「ねえ、いまからみんなのとこに雑誌見せに行こうよ！」
「いいね～行こう」
　智史くんに会いたくてたまらないって感じの杏ちゃんのひと言にみんなで賛同して、雑誌を持って１組まで向かう。
　１年生の教室はワンフロア。
　だけど、８組と１組は一番離れているから、たどりつくまでにそれなりに距離もある。
　テストも終わり、夏休みが間近ということもあってか、最近はみんな浮き足立っているように見えた。
　もちろん、あたしたちも例外じゃないんだけどね。
　そして、廊下を半分くらいまで来たとき。
　翔くんの姿を発見した。
　ここは４組だけど……？

友達のところにでも来てるのかな。
　こんなところで会えるなんてうれしい、とパッと胸が高鳴った瞬間。
「……あ」
　見えた姿にあたしは息をのみ、足も止まってしまった。
「もー、何回忘れたら気が済むの〜？　あたしは翔の便利屋さんじゃありません〜」
　そう言いながら、翔くんに英語の教科書を渡しているのは……朋美ちゃんだったから。
　──ズキンッ……。
　翔くん、朋美ちゃんに教科書借りに来たの……？
　胸がチクリと痛んだ。
　そりゃぁ……翔くんと朋美ちゃんは幼なじみだし、こうやって学校で話すことはあるかもしれないけど。
　教科書を忘れて頼った相手が、あたしじゃなくて朋美ちゃんだったことに、素直にショックを受けちゃったんだ。
　実際、教科書を忘れた杏ちゃんが智史くんに借りに行ったり、侑汰くんが友梨ちゃんに借りに来ることがあった。
　基本忘れ物をしないあたしは、翔くんに借りに行くこともなかったけど……。
　翔くんも借りに来ないから、忘れ物はしないタイプなのかなって思ってたのに。
　まさか、朋美ちゃんに借りているとは。
「いいじゃねーか、貸してくれよ」
　笑いながら、朋美ちゃんと向きあっている翔くん。

「えー。じゃあ頭ポンポンしてくれたら貸してあげるー」
「はあ？　ガキかよー」
　口をすぼめながらかわいらしく言った朋美ちゃんに、翔くんはあきれたように笑ったけど。
　次の瞬間。
　翔くんの手は、朋美ちゃんの頭の上に。
　リクエストされた通り、ポンポンと、２、３回優しく触れたのだ。
　やだ。なんで……？
　翔くんは、朋美ちゃんをただの幼なじみとして見ているかもしれないけど。
　朋美ちゃんはそうじゃないでしょ……？
　好きなんだよね……？
　そんな相手に、そんなことして……。
　ほかの女の子に触れるなんてっ……。
「花恋どうしたの？」
　足が止まったあたしを、友梨ちゃんがけげんそうに振り返る。
　ここは４組の前だし、杏ちゃんも友梨ちゃんも翔くんには気づいてないみたい。
　……もちろん翔くんも。
「……ううん、なんでもないよ」
　あたしはうつむきながら、足早にその前を通り過ぎた。

「友梨ちゃあああああんっ！」

においで察するとでもいうのか。
　1組に着いた瞬間、侑汰くんの例の声が聞こえてきて、すぐに姿を現した。
　続いて、智史くんも。
　でも、翔くんの姿はない。
　……朋美ちゃんのところへ行ってるんだもんね。
『あたしは翔の便利屋さんじゃありません～』
　ってことは、今日だけじゃないんだね。
　いつも、翔くんは朋美ちゃんに教科書を借りているんだね。忘れ物をしてないわけじゃなかった。
「今度行く花火大会の特集がこの雑誌に組まれてたの！」
「あー、俺もそれ買った～」
　杏ちゃんの持ってきた雑誌をもとに、ワイワイガヤガヤと始まるけど……。
　なんとなく、あたしは気分がのらなかった。
　みんながはしゃぐその輪にも入れず、さっきの光景ばかりを頭の中で繰り返してしまう。
「藤井さん、どうかしたの？」
　智史くんが、あたしの異変に気づき声をかけてくれた。
「え、あ……」
「あ、翔なら、ちゃんと学校来てるよ。ただ、いまちょっとどっか行ってるだけ。……って、学校に来てることくらい知ってるか」
　あはははって笑うメガネの奥の優しい瞳に、なんだかちょっと救われた気がした。

と、そこへ。
「よお！」
　翔くんの声がした。
　──ドクンッ！
　何事もなかったかのように自然に姿を現し、翔くんは輪に加わった。
　思わず、手に持っているものに視線がいってしまう。
　……朋美ちゃんから借りた、教科書。
「どした？」
　あたしに視線を合わせる、いつもと変わらない翔くん。
　……ここで暗くなってたら、感じ悪いよね。
「あ……今度行く花火大会の雑誌を、杏ちゃんが持ってきてて……」
　なんとか平静を装いつつ、声を発した。
「あ～、それ侑汰が持ってたヤツと同じじゃん」
　いつもと変わらない声で言って、あたしの肩を抱きながら雑誌をのぞきこむ翔くん。
　すごく、自然に。
　さっき、朋美ちゃんの頭に触れた手が、いまはあたしの肩にのせられている。
　翔くんの手には変わりないけど……。
　さっきまでこの手が朋美ちゃんに触れていたかと思うと、胸がチクチク痛んだ。
「女子はみんな浴衣で行くんだから、男子もちゃんとカッコよくしてきてよね～」

「任せとけ〜、俺甚平(じんべい)で行く予定だし」
「侑汰マジで？」
「気合入りすぎじゃん？」
「友梨ちゃん、いっぱい写真撮(と)ろうな〜」
　なんて、この場は盛りあがっているけど……。
　あたしはなんだかモヤモヤしたままだった。

思いがけない告白。【翔side】

　明日からいよいよ夏休み。
　まわりもかなり浮き足立っていて、もちろん俺だって例外じゃない。
　花恋っていう、本物の彼女がいる夏休みなんだから。
　……なのに。
　なんだかスッキリしねえ。
　花恋の様子が最近おかしいからだ。
　もともとベラベラしゃべるほうじゃねえけど、それにしても口数が少ねえっつうか。
　帰りはいつも駅まで６人で一緒に帰る。
　三浦たちとしゃべっているときはわりと普通だが、俺がとなりに行ったとたん、口数が減って、よそよそしく感じるんだ。
　なにか俺、気にさわるようなことしたか？
　それがあまりに突然すぎて、ぜんっぜん身に覚えがないから困ってんだよ……。
「あ〜俺今日眠れないかも！」
　校内で一番浮かれてんのはコイツかも。侑汰。
「なんで」
「明日が花火大会だからだろ──」
「小学生か」
「つーか、翔こそなんか落ちつかねーじゃん？　明日のこ

と考えて、そわそわしてんじゃねえのぉ〜？」
　俺の気も知らないで、のんきにそんなこと言う侑汰に軽くカチンとくる。
「脳内花畑のお前とはちげーんだよ」
「なんだよそれ」
「お前は、明日のキスのことでも考えてろって」
「なっ……！」
　幸せそうな侑汰とこれ以上話していると、もっとモヤモヤしそうで、俺は席を立った。
　そのまま廊下へ出ると、
「……っと。わりぃ」
　誰かとぶつかりそうになり謝る。
　すると、その女は驚いたような目で俺を見上げていた。
　……ん？　誰だ……？
「あ、青山くんっ……。あたし、5組の松島里奈っていいます」
「……は？」
　ちょうどコイツ、俺に用があったのか？
　ヤケにもじもじしているが、俺はイラついていたこともあってぶっきらぼうに返してしまう。
「話があるんで、終業式が終わったら、第2音楽室まで来てもらえませんか？」
「……ああ」
　そう軽く返事をすると、彼女は身をひるがえして行ってしまった。

なんだよ、呼び出しかよ。
　面倒くせえな……。
　俺はため息をつきながら、そのまま自販機までやってきた。故障中だった自販機はもう直っている。
　……ここへ来ると思い出す。
　セッキーから逃げた昼休みもそうだし、俺らが付き合うきっかけとなったあの日もそうだ。
　全部いい思い出なのに。
　いまの状況を考えたら、胸がギュッとわしづかみされるように痛くなった。
「なにか飲むか……」
　お金を入れて、ぼーっと自販機を眺めて目に入ったのは。
「ヤベ……」
　好きでもないのに、押してしまったのはミルクティーだった。
　花恋が好きで、よく飲んでるヤツ。
　それを見て、かすかに痛む胸。
　はぁぁ……俺なんかしたかな。
　窓から注ぐ太陽は、恨めしいくらいにさんさんと俺を照らしていた。

　長い校長の話が終わり、終業式を終えた。
「だっるー、いまから大掃除かよ～」
　掃いてるんだか汚してるんだかわからないかんじでホウキを動かしている侑汰の声に、俺はあることを思い出した。

そうだ。第２音楽室に呼ばれてんだ……。
「俺、ちょっと用があるから」
　侑汰にそう告げると「サボリかよ〜」なんて声が聞こえてきたが、俺はそのまま無視して、２階の第２音楽室まで向かった。
　第２音楽室は、旧校舎にある。
　掃除中でも、さすがにそこは人気もなく静かだった。
　到着すると、さっき俺を呼び出した女子がすでにひとりで待っていた。
「来てくれたんですねっ」
「……まあ」
　またぶっきらぼうに言う。
　俺の悪いところは愛想のないところだ、なんて侑汰は言う。自覚はあるが、知りもしないヤツに愛想を振りまくなんてめんどくせえ。
　一番最初に花恋としゃべったときも、俺は愛想もなくこんな感じだったはずだ。
　最近は、どこにいてもすべて花恋と結びつけてしまう。
　それほど、俺が花恋に溺れてる証拠だ。
「突然呼び出しちゃってごめんなさい。……あの……好きです……付き合ってもらえませんか？」
　花恋で頭がいっぱいの中聞こえてきたそれは。
　告白だった。
　……高校に入ってから……３度目か？
「悪いけど俺、彼女いるから」

花恋と付き合ってから告白されるのは、はじめてだった。
　俺にはちゃんと花恋って彼女がいるから、そう言ってきっぱり断ると。
「やっぱり……彼女なんですね。４組の……今宮さんでしたっけ」
「はっ？」
　俺はすっとんきょうな声をあげた。
　今宮ってのは、朋美の名字だ。
「ちがうんですか……？　でも、今宮さんと付き合ってるってウワサですけど」
「ちがうし。アイツはただの幼なじみだし」
「ええっ……そうなんですか？　じゃあ、誰と付き合ってるんですか？」
　彼女はほんとに朋美を彼女だと思っていたのか、目を丸くする。
　そりゃあ、入学当初はニセだけど〝彼氏〟だったし、朋美も俺が彼氏だと公言していたらしい。
　だから、まわりがいまも勘ちがいしてるのは仕方ねえとは思うけど……。
　俺と花恋が付き合ってることって、全然周知されてねえんだな。
　俺を好きだっていう松島でさえ、知らなかったんだから。
　軽く、ショック。
「８組の、藤井花恋……だけど」
　自分でバラすのもどうかと思ったけど、あまりの悔しさ

に言ってしまった。
　すると、首をかしげる松島。
「藤井、さん……」
　俺の言葉を反すうするも、ピンときてない様子。
　……仕方ねえよな。花恋は目立つタイプじゃねえし。
「ああっ！　黒板のっ……ええぇっ……」
　やがて、笹本が書いた黒板の落書き事件の被害者(ひがい)だとわかったのか、驚いたように口に手をあてる彼女。
　花恋っていうと、そういうオマケがついてくんのかよ。
　……ムカつく。
「そういうことだから。悪い」
　笹本に対して、また新たな怒りがわきあがってきたところで、俺はそう言ってその場をあとにした。
　教室へ戻るまでの帰り道。
　スマホがメッセージを告げた。
「……ん？」
　歩きながら確認すると、送り主は朋美。
《いまから体育館渡り廊下に来れる？》
　そんな内容。
「……いまから……？」
　なんかムシャクシャがより一層深まったし、教室に戻って掃除する気なんて起きねえ。
《OK》
　すぐにそう返信して、体育館の渡り廊下まで向かった。
　そこへ着くと、もう朋美は来ていた。

「なに？」
　気心が知れたヤツだからか、さっきまでのイラついた気持ちが少し収まる。
「早かったね〜。よかった、来てくれて。話があるの」
　そう言う朋美は、いつもと感じがちがった。
　化粧（けしょう）か……？
　化粧栄（ば）えする顔がいっそう華（はな）やかに感じ、そういや唇も、いつもより赤い気がする。
「うん、で、なに？」
　こんなところで改まって。
　シチュエーション的には、告白かよって突っこみたくなる。でも、相手が朋美だしそんなことはねえよな。
「あたし、翔が好きっ……！」
　たったいま、ないと打ち消したことが引っくり返ってビックリする。
　……は？　なんの冗談だよ……。
「あたしねっ、ずっと翔が好きだったの……！」
「……って、おい、なんだよ急に……」
「急じゃないもんっ……あたし、ずっと翔のことが好きだったんだもんっ」
　そういう朋美の顔は少し紅潮していて、目は真剣で。
　ドッキリや、冗談を言っているようには思えない。
　……にしても。
　これがほんとだったら不意打ちすぎるだろ。
「おいおい、こんなとこで冗談……」

「翔のバカアホ……！　だから鈍感って言ったじゃん！」
　マジ……なのか……？
　朋美とは幼なじみで。
　男と女だけど、大きくなっても仲がいいのは変わらなかった。
　ニセの彼氏をしていたし、松島も勘ちがいしていたように、まわりに付き合っていると朋美が公言していたのも知っている。
　べつに、それをイヤだとも思わなかった。
　それはあくまでも、俺への気持ちがないと思っていたから開きなおれていたことで……。
　だからこそ、花恋を利用してあんな修羅場も作ったりしていた。
「あたしはっ……ずっと好きだったのにっ……」
　そう言いきると、朋美はいきなり俺に抱きついてきた。
　頭の中が真っ白になる俺。
　マジで……朋美が俺を……？
　どうしたら、いいんだよ……。
　いくら相手が朋美でも、こんなふうに気持ちを打ちあけられて、その対処法なんてわかんねえ……。
　抱きつく朋美を突きはなすこともできずに、しばしぼうぜんとしてから顔を上げると。
　俺の目にありえない光景が映った。
　……花恋……!?
　すぐそばの中庭で、ゴミ箱を持った花恋がこっちを見て

立っていたのだ。
　いまにも、泣きだしそうな目で。
　どうして、ここにっ……。
「あっ……」
　とっさにいまの状況を思い出し、あわてて朋美を俺から離そうとするが、ギュッとしがみつかれていて容易には手がほどけない。
「朋美っ……」
　体をゆすって、なんとかその手を離してからもう一度中庭に目を向けたが……。
　すでに花恋の姿はなかった。
「……翔……あたしじゃ、ダメ……？」
「えっ？　あっ……」
　涙をためた目で、朋美は俺を見上げるが……。
　花恋が気になって仕方ねえ。
　でも、目の前で今にも泣きそうな朋美をこのまま放っておいてもいいのか？
　優柔不断な気持ちで、足を動かすこともできず……。
「ゴメン……俺、彼女できたんだよ」
　いまは、目の前の朋美と向きあうことにした。
「え、うそ……」
　やっぱり。
　朋美も知らなかったんだな。
「誰、それ……」
「だから前にも言ったけど……藤井だって」

「その子なら、付き合ってないって言ったじゃん」
「あのときはそうだったけど、状況が変わったんだよ」
「なにそれ。あたしのニセカノやったときみたいに、またなにかいい加減なことしてるの？　どうせまた付き合ってるふりでもしてるだけなんでしょ？」
「ちがう、俺が好きなんだよっ」
「……っ」
「……藤井のことが」
　そうだ。
　彼女がいるから付き合えないんじゃない。
　さっき、松島にはそう言って告白を断ったが。
　俺に好きなヤツがいるから、なんだ。
　たとえ花恋の気持ちが冷めて、俺が振られたとしても。
　花恋……。
　さっきの、俺を見る泣きだしそうな目を思い出す。
「気持ちはうれしいけど……悪い」
　朋美には、そう告げることしかできなかった。

信じたくない。

　目の前の光景にあぜんとした。
　掃除のゴミ捨て当番になって、体育館脇の焼却炉までゴミ箱を持っていったら……。
　翔くんと朋美ちゃんが渡り廊下で抱きあっていた。
　頭の中は真っ白。
　もう、わけわかんないよ。
　……どうして……？　どうしてあのふたりが、あんなところで抱きあってるの？
　……やっぱり……ふたりは幼なじみなんて関係だけじゃなくて、それ以上のなにかが……？
　翔くんも朋美ちゃんのこと、それ以上に思ってるの？
　理由があるにしても、抱きあうなんて……。
　普通の幼なじみじゃないよ。
「あれ〜、花恋、ゴミ捨て行ってたんじゃなかったの？」
　空になってないゴミ箱を見て、友梨ちゃんが声をかけてきた。
　あのまま走って戻ってきちゃったから、ゴミは捨てそびれてしまった。
「ゆう、りちゃ……ううっ……」
　あたしは学校だというのに、感情を抑えられずに泣きだしてしまった。
　流した涙は止められなくて、おえつとともにあとからあ

とからあふれてくる。
「えっ？　花恋っ!?」
　幸いにも８組はフロアの一番端。
　友梨ちゃんが非常階段まで連れてきてくれて、外の空気を吸いこむと、少し気分も落ちついた。
「なにがあったの？」
「……っく……翔くんっ……朋美ちゃ……抱きあってたの……っひっく……」
　言葉にするのもつらい。
　それでもなんとか言葉にした。
「えぇっ……？　まさかっ……」
　友梨ちゃんも言葉を失う。
　……だよね。ありえないよね。
　やっぱり涙は止まらなくて、またあふれてきてしまった。
　こんなにショックを受けてるなんて、あたし……そんなに翔くんのことが好きだったんだ。
　ついこの間、朋美ちゃんに教科書を借りているのを見てからずっとモヤモヤが収まらなくて、なんとなく翔くんの前で笑えていなかった。
　顔や態度に出しちゃダメだって思うのに、心は言うことを聞いてくれなくて……。
『なにかあった？』
　って、翔くんは優しく聞いてくれてたのに、
『なんでもないよ』
　って、また心の内を隠して。

……なにもないなんてうそは、きっとお見通しで。
　そんなあたしに、嫌気がさしちゃったのかもしれない。
　教科書だって、あたしに借りてくれてないくらいだし、もともと、そんなにあたしのことなんて……。
「……ううっ～～」
　顔を覆った手のひらの隙間から、涙がこぼれてくる。
「あたしもうっ……嫌われ、ちゃったのかもしれない」
「なに言ってんの！　きっとなにかの誤解だって！　ちゃんと理由があるはずよ」
　友梨ちゃんはそう言って優しく声をかけてくれるけど、そんなのに聞く耳を持つほどあたしは余裕がなかった。
　あたしが泣いている間、友梨ちゃんはずっと背中をさすってくれていた。

　涙がやんで、泣き顔もきっとバレないくらいに乾いてから教室に向かうと。
　前扉から、うちのクラスをのぞきこんでいる翔くんの姿があった。
　……どうしよう。
　いま、会いたくないよ。……会えないよ……。
　足が止まってしまう。
「どうする？　青山くんもきっと、誤解をときたくて来てくれたんだと思うよ？」
　友梨ちゃんの言う通りかもしれない。でも……。
「花恋っ……！」

躊躇している間に気づかれてしまい、翔くんはあたしの名前を呼びながらこっちにやってくる。
　やだっ、どうしよう。
　なにをどう話せばいいのかわからないよ。
　恋愛初心者のあたしは、こんなとき、どうやって話をすればいいのかなんて全然わかんないんだもん。
　そして。見ちゃったんだ。
　翔くんのシャツの胸もとについた〝赤〟を。
　……きっと、朋美ちゃんのリップ。
　──ズキンッ……。
　さっきの光景がリアルに呼びおこされて、痛む胸。
　それでも。
「ちゃんと話すんだよ？」
　友梨ちゃんの手があたしの肩に優しくのったとき。
「青山っ、こんなところでサボってるのか！　とっとと教室に戻れ、HR始めるぞ！」
　突然野太い声が割って入ったかと思ったら、それは関根先生で。
「わ、痛ててて─」
　シャツの首もとをつかむようにして、引きずられていく翔くん。
　えっ……。
　あたしのもとまであと少しの距離だったのに、どんどん遠くなっていく。
　あ、行っちゃった……。

そういえば、関根先生は1組の担任なんだよね。
　助かったのか、どうなのか……。
　でも、ちょっとホッとした。
　だって、いまなにをどう話せばいいかわからないし、へたすると、また泣いてしまいそうだったから。
「友梨ちゃん……あたし、今日帰りたい……」
「お昼みんなで食べないってこと？」
　あたしはうなずく。
　今日は午前で終わりだから、みんなでお昼ご飯を食べることになっていたけど。
　こんな状況で、みんなで楽しくお昼ご飯なんて到底食べられそうにないから。
「……わかった。なんか顔色も悪いし……今日はそうしな？でも、明日の花火大会、大丈夫？」
「…………」
「電話でもいいから、ちゃんと青山くんと話したほうがいいよ」
「……うん」
　できるかわからないけど、あたしはうなずいてみせた。
　それから1学期最後のHRを終えて、長引いている1組のHRが終わるのを待たずに、あたしはひとり学校をあとにした。

花火大会。

　チチチチ……。
　翌朝。
　鳥のさえずりで目が覚めた。
　夏の朝は早く、スマホを手に取るとまだ５時だった。
　はぁ……なんか全然眠れなかったな。
　眠れなかったくせに頭はさえていて、あたしはそのままベッドから起きあがる。
　結局、翔くんとはなにも話ができないまま、花火大会当日を迎えてしまった。
　昨日は何度も翔くんから着信があった。
　お昼を一緒に食べずに、そして翔くんになんの連絡もしなかったから、きっと心配してくれたんだろうけど。
　でも、着信だけで、メッセージは送られてこなかった。
　直接話をしようと思ってくれてるのかな……。
　電話でなにをどう話していいかもわからず、あたしはただ、鳴っているスマホを眺めるだけの意気地なしだった。

　そして夕方。
　何度も髪型の練習をしたおかげで、とてもうまくできた。
　ネイルも上手に塗れた。
　普段しないメイクも薄くして。
　浴衣はお母さんに着せてもらって。

準備は万全だけど……。
　行きたくないとさえ思ってしまった。
　あんなに楽しみにしていた花火大会なのに……。
「……行ってきます」
　それでも約束した手前行かないわけにもいかず、4時半ごろに家を出た。
　約束の時間は5時。
　ちょうど10分前くらいに集合場所の駅に着き、みんなもだいたいそれくらいに集まったけど。
「翔だけまだ来ねえな」
　スマホをいじりながら言う侑汰くんは、宣言通り、紺色の甚平。
　すごく似合っていて、カッコいい。
　友梨ちゃんは濃紺に朝顔が描かれた大人っぽい浴衣で、杏ちゃんはピンクがかったかわいらしい浴衣。
　みんなでそれぞれの浴衣を見せあっていると、
「……わり、遅れて」
　5時ピッタリに翔くんが姿を現した。
　——ビクンッ。
　わあっ……来ちゃったよ……。
　翔くんの声を聞いたとたん、バクバクと鳴る心臓。
「じゃあ行こっか〜」
　ノリノリな杏ちゃんの言葉を筆頭に、みんなで改札をくぐる。
　歩いている最中、となりに翔くんがいる気配を感じたの

に、あたしに話かけてくることはなかった。
　怒っちゃったかな……。
　……そりゃ怒るよね。
　あれだけ着信を無視してたら……。
　電車に揺られて会場へ向かうまでの間、あたしは後悔しっぱなしだった。

　花火大会が行われる河川敷には、屋台がズラリと並んでいる。
　焼きトウモロコシやタコ焼きのにおい。
　どれもおいしそうで、目移りしちゃうのが毎年のことだけど。
　いまはそんな気分じゃない。
　はじめて好きな人と来ているのに、どうしてこんなに苦しいんだろう……。
　……すごく悲しいよ。
「ねーねー、射的やらない？」
　杏ちゃんのひと言で、まずはみんなで射的をすることに。
　意外にも、智史くんが射的の腕がうまいことが判明した。
　杏ちゃんは、狙っていたアクセサリーをとってもらってすごく喜んでいた。
　それからくじをひいたり、リンゴあめを食べたり……。
　６人だから、あえて翔くんとしゃべらなきゃいけない状況になることもないから、なんとかあたしもそれなりに楽しめていたけれど。

陽も落ちて、辺りもだんだん暗くなり、屋台にも明かりがともり始めたころ。
　思わぬ提案を侑汰くんがしたのは突然だった。
「そろそろ花火も始まるころだしさ。こっから、別行動しねえ？」
　……え。別行動……？　うそでしょ……!?
　まさかの提案にあたしは焦った。
「あ、さんせーい」
　すぐに杏ちゃんがノリノリで返せば、智史くんもうなずいて。
　杏ちゃんは、あたしと翔くんの間にある微妙な空気にはまったく気づいていないみたい。
　あたしも言ってないから、杏ちゃんはなにも知らないんだろうけど。
　反対する人もいなければ、反対する理由もないことから、アッサリ決まって。
　……どうしよう。
　だって、別行動って、カップルで行動するって意味でしょ？
　それは、あたしが翔くんとふたりきりになることを指している。
　いままでは、杏ちゃんや友梨ちゃんがいてくれたからなんとかもっていたようなものの、ここから翔くんとふたりきり……。
　そんなの、つらすぎる。

「てことで、ここで解散ね！　みんな花火大会楽しんでねっ！　智史くん、あたし喉渇いたからかき氷食べたい！　あそこにあるから行こー！」

　なんて、杏ちゃんは智史くんを引っぱって行ってしまう。
「友梨ちゃんも行こう！　俺お好み焼き食いてえ！」

　早く早くと、侑汰くんが急かすそばで、
「花恋、大丈夫？」

　友梨ちゃんが、心配そうな目で問いかけてくれる。

　大丈夫じゃないけど……。

　せっかくの花火大会。

　友梨ちゃんとふたりになりたがっている侑汰くんの邪魔もできないし、これ以上友梨ちゃんに迷惑もかけられない。
「なんとかなるよ。大丈夫。友梨ちゃんは侑汰くんと楽しんできて！」
「……そう？　でも、なにかあったら、すぐに連絡するんだよ？」
「うん、ありがとう」

　どこまでも優しい友梨ちゃんの気遣いに感謝して、あたしは手を振った。
「それじゃ、翔と花恋ちゃんも楽しんで！」

　侑汰くんは、友梨ちゃんとともに人波に消えていった。

　その場に残された、あたしと翔くん……。
「…………」
「…………」

　一瞬で、沈黙に包まれるこの場。

思えば、今日はまだまともに話もしていない。
　ここ数日、あたしが翔くんによそよそしい態度を取っていたことは気づいていたはず。
　そして決定的な昨日のあのシーンに、着信無視。
　……ああ。
　結局、この気まずい状況はすべてあたしが招いた事態なんだよね。
　こんな楽しい日に、どうして……。
　沈黙がつらくて、なにか翔くんから言ってほしいと思うけど……もしかしたら、帰ろうって言われちゃうのかな。
　こんなあたしと、これからふたりで花火大会なんて楽しめないよね。
　足もとのネイルに視線を落としながら、沈んだ気持ちでいると。
「あのさ……」
　ボソッと翔くんが言った。
　ハッとして顔を上げると。
「あっちで話そう」
　指していたのは、木々の茂った人気の少ない場所だった。
　……話。……うん。そうするしかないよね。
　なにも話さず花火なんて見れないよね。
　歩きだした翔くんに続いて、あたしもちょこちょこと足を進める。
　少し涼しくなってきた風が、浴衣の首もとをなでる。
　足を止めると、翔くんは口を開いた。

「なんで、電話出てくんないの」
「……ごめん……なさい」
あたしはうつむいたまま謝った。
すると、思わぬ声が降ってきた。
「いや、謝るのは俺のほうか……」
「え……」
と、顔を上げる。
「昨日のあれ」
真顔で言うのは、きっと朋美ちゃんと抱きあっていたあの場面のこと。
思い出して、ズキ、と胸が痛んだ。
「あんな場面見て、花恋がイヤな気持ちになったのはわかるし、それで電話出てくんないのも理解する。ごめん」
「……っ」
「実はさ、昨日、朋美にコクられた」
「へっ」
思わぬセリフに目を見開く。
朋美ちゃんが、翔くんに告白……？
「好きだって言われて抱きつかれた。よける隙がなかった俺が悪い」
「そう……だったの……？」
「だけど、花恋が好きだってハッキリ言ったから」
翔くん……っ。
ぎゅうっと、胸の奥が熱くなってくる。
あたしが……好き。

いつでも頼れる朋美ちゃんじゃなくて、あたしを選んでくれた。
　それが、ただうれしくて。
「おいっ、なんで泣くんだよっ」
　突然涙を流し始めたあたしの肩に手をのせ、あわてる翔くん。
「だって……」
　よかった……ほんとに安心したんだもんっ。
「あのさ、聞きたいんだけど……昨日のことだけじゃなくて、その前から花恋、俺によそよそしくなかった？」
「えっ」
「てか、よそよそしかったのバレバレだし……いま泣いてんの見てると、俺、嫌われたわけじゃなさ……そう？」
　どことなく不安げにあたしをのぞきこむ翔くんに、また胸がきゅんと音を立てた。
「き、嫌うなんてっ……そんなっ……」
「だって、俺にだけ態度ちがうっつーか、明らかに避けられてたよな」
「それはっ」
　あんなこと言えない。
　朋美ちゃんに嫉妬（しっと）しただなんて。
　昨日、翔くんは勇気を出した朋美ちゃんをフって、あたしを選んでくれたのに。
　あたしは、なんて心の狭い女なんだろう……。
「花恋」

ちょっと低い声で名前が呼ばれた。
「隠し事はナシ。ちゃんと花恋の心の中、見せて？　また花恋の悪いくせが出てんの？　そんなの俺が許さないから。言いたいことあったらちゃんと言うこと。俺がなにかしたなら言ってくれなきゃ、直しようもないだろ？」
　……だよね。
　翔くんは、あたしの悪いところをちゃんと指摘してくれる人。
　イヤなことはちゃんと声に出さないと。
　また同じことがあって、モヤモヤして……こんなこと繰り返したくないもん。
「あのね……」
「うん？」
「この間……見ちゃったの」
「見たって、なにを？」
　翔くんは、少し不安そうな目をする。
「翔くんが朋美ちゃんに英語の教科書借りてるところ……」
　うわああ……言っちゃった。
　反応が怖くておそるおそる翔くんを見ると、不安そうな顔がキョトンとしたものに変わっていた。
「え、あ、ああ……借りてたな。それが？」
　悪気もなさそうに言うから、やっぱりこんなことでモヤモヤしてたなんて小さい女だって思われる。
　でも、言ってしまったものは引っこめないし。
「朋美ちゃんの頭をなでてあげてて……それを見て、イヤ

だなって思っちゃったの」
　　心のモヤモヤを、外へ。
　　自分の本音を、さらけ出してしまった。
「見て、たんだ」
　　そこではじめて、〝やってしまった〟という顔をしてあわて始める翔くん。
「ご、ごめん。アレはなんていうか……朋美は俺にとって女って対象じゃなくて、どっちかって言ったら妹みたいな感覚で……あんときもとっさに手が出ちまったんだと思う。ごめん……ほんと言い訳だよな」
　　はぁ……とため息をついてうなだれている翔くんを見たら、なんだかとてもあたしが悪いように思えてしまった。
「あたしのほうこそ……ごめんね」
「花恋は謝んなよ。それ当然だし。てかむしろそんなことでやいてくれるなんて思ってもなくて、逆にうれしいっつうか……あ、のんきすぎるか……」
「ううん、そんなことないよ。……あ」
　　と言いかけたら「うん？」って聞き返してくれて。
　　あたしが「ううん」と首振ると、「ダメだ、言って」と言うから。
「どうして……朋美ちゃんだったの……？　どうして、あたしに教科書を借りに来てくれなかったの？」
　　言っちゃった……。
　　すると、翔くんは一瞬、ポカンとしたあと。
「そんなこと、思ってたの？」

「うん……。だって、侑汰くんは友梨ちゃんに借りに来たりしてるし、杏ちゃんとこも……。そういうの、なんかいいなって思ってて。だからって、わざと忘れるのも変だし、あたしは翔くんに借りに行くこともなかったんだけど。だからこそ、翔くんが忘れ物をしてるのに、あたしじゃなくて朋美ちゃんに借りに行ってたことで、モヤモヤしちゃったの」
「マジかよ。俺はあえて花恋に借りに行かなかったのに」
「え？　どうして……？」
「花恋に忘れた教科書借りるとか、んなカッコ悪いことできるかよ。好きな女の前ではカッコつけたいんだよ」
　好きな女……って言葉に、かあああっと全身が熱くなる。
　たしかにうれしい言葉だけど。
「……あたしは……どんな翔くんでも見ていたいの。カッコ悪くても……好きな男の子が頼るのは……自分だけにしてほしい」
　ギュ……と、思わず翔くんのシャツの裾をつかんでいた。
　自分でも、こんなこと言うなんてビックリ。
　でも、誰かに渡したくない、自分だけを見ててほしいと本気で思ったから。
「……ごめんね……心狭くて……」
「いやっ……むしろうれしいっつうか」
「え？」
「やべ……」
　手を口にあてた翔くんの顔は、少しニヤついていた。

「だってそれ、なんか独占欲(どくせんよく)って感じだし」
「えっ……あ、あのっ」
「それに、俺のことどうでもよかったら嫉妬なんてしねえだろうし」
「どうでもいいなんてそんなっ……！」
　思わず、声をあげてしまった。
「好き、だもん……」
　ボソッと口にすると。
「あー、もう、なんでいちいちこんなにかわいいんだよっ」
「へっ？」
「今日の花恋見たときからすげえかわいくて、やべぇって思ってたけど、あんときはハッキリ言ってそれどころじゃなかったし……でも余裕できてきたら、なんか余裕なくなったっつーか、もう俺、なに言ってんだろうな」
　そう言って、クシャッと笑った翔くんは、いきなりあたしを抱きしめた。
「……っ」
「しばらくこうやって抱きしめさせろ」
「……翔っ……くんっ……」
「俺もだから」
「……え？」
「花恋独占してえし」
「……っ」
「これからは、朋美との接し方も気をつける」
「ううんっ……朋美ちゃんは翔くんにとって特別な存在な

んだから、あたしがそうだって割りきるように……」
「いや、我慢すんな。よく考えればそうだよな。逆を考えたら、俺だって我慢できねーもん」

　朋美ちゃんの気持ちを考えたら微妙だけど、翔くんがそう言ってくれたことは素直にうれしかった。

　抱きしめられて帯がちょっと苦しかったけど、幸せだから黙っておいた。

　もっともっと、きつく抱きしめてくれてもかまわないよ。
「正直に話してくれてありがとな」
「うん」
「はー。なんか安心したら急に腹減ってきた。屋台行くか？」
「うんっ！」
「なに食う？」

　抱きしめられたまま問いかけられて、あたしは答えた。
「わたあめっ！」

　お祭りでは、必ず買うんだ。

　甘くておいしくて大好き。
「わー出た。ガキの食いもん」
「そんな言い方っ……！」
「うそうそ、かわいいよ」

　頭をポンポンとなでられれば、あたしの体は熱くなる。

　翔くんの言葉ひとつで、翻弄されちゃうんだから。
「つうか、それ飯じゃねえし。俺タコ焼き食いてえ」
「あ、あたしも！」
「じゃあ半分こするか」

「うんっ」
「わたあめは帰りに買おうぜ」
　さっそくタコ焼きを買いに行き、石段に腰を下ろしてふたりで分けあった。
　悩みが解消されたら、あたしもとたんにおなかが減ってきちゃった。
　そういえば、今日も朝から緊張しててロクにご飯も喉を通らなかったんだよね。
「わ！　これタコふたつ入ってる」
「ほんと？」
「ラッキーだな」
　他愛もない会話も楽しくて。
　悩みがすべてなくなったいま、この瞬間が幸せでたまらない。
　さっきまでの状況がうそみたい。
　──ヒュ〜……ドーンッ……!!
　そのとき、夜空に大花火が打ちあがった。
「わあっ！」
「お、始まった！」
　あたしたちは立ちあがり、夜空に咲く花火に見惚れた。
　そのうちに、自然と触れあう手と手。
　触れあった手は、互いの指をたぐりよせて、絡まりあう。
「来年も一緒に見に来ような」
「うん」
「花恋」

「うん？」
　呼ばれて、翔くんのほうを見上げた瞬間。
「……っ」
　あたしに降ってきたのは、甘いキス。
　——ヒュ〜……ドーンッ……。
　夜空に咲く花火を想像しながら、あたしは翔くんの甘いキスを受けとった。
　これからも、ずっと一緒にいようね。

　fin.

あとがき

こんにちは、ゆいっとです。
このたびは「もっと、俺のそばにおいで。」を手に取ってくださり、どうもありがとうございます。
こうしてまた文庫化の機会に恵まれたのも、いつも応援してくださる皆さまのおかげです。

ピンクレーベルからの出版は、今回が初めてになります。
胸キュンを書くのが苦手な私には、縁のないレーベルだと思っていたので、お話をいただいたときはものすごくびっくりしました。
あわてて既刊の文庫を娘から借りて読み漁り、ピンクレーベルとは……を勉強しました。その時点でもう遅いのですが。

今作は、引っ込み思案な女の子×無愛想でクールでツンデレな男の子のお話です。
私の中では未知すぎる設定で、だからこそ今まで私になかったお話が書けるかも？と執筆をはじめましたが、それはもう難しかったです。そもそもツンデレって何!? ツンデレという生態そのものがよく分かっていなかったので、キャラを確立させるのに一苦労でした。
胸キュン系のお話を書く際、しっかりしたプロットは立

てません。キャラが自由自在に動いてくれることを期待しながら書き進めますが、今回も花恋と翔がどんどん動いてくれたので、楽しみながらお話が書けました。

　編集作業は、やはりピンクレーベルを意識して、胸キュンやドキドキを増すことが課題でした。できる限りの胸キュンを詰め込んだつもりですが、いかがだったでしょうか。楽しんでもらえていましたら、幸いです。

　最後になりましたが、いつもお世話になっています担当の本間さま、本文を素敵に編集して下さいました八角さま、文庫化の機会を下さいましたスターツ出版さま。
　ドキドキするような可愛いカバーにして下さいました巣野さま、デザイナーさま。
　本当に、どうもありがとうございました。

　そして、いまこの本を手に取ってくださっているあなたに、最大級の感謝を送ります。

2018.02.25　ゆいっと

この物語はフィクションです。
実在の人物、団体等とは一切関係がありません。

ゆいっと先生への
ファンレターのあて先

〒104-0031
東京都中央区京橋1-3-1
八重洲口大栄ビル7F

スターツ出版(株) 書籍編集部 気付

ゆいっと先生

KEITAI
SHOUSETSU
BUNKO
野いちご SINCE 2009

もっと、俺のそばにおいで。

2018年2月25日　初版第1刷発行

著　者　ゆいっと
　　　　©Yuitto 2018

発行人　松島滋

デザイン　カバー　金子歩未（hive&co.,ltd）
　　　　　フォーマット　黒門ビリー＆フラミンゴスタジオ

DTP　朝日メディアインターナショナル株式会社

編　集　本間理央　八角明香

発行所　スターツ出版株式会社
　　　　〒104-0031 東京都中央区京橋1-3-1　八重洲口大栄ビル7F
　　　　TEL 販売部03-6202-0386（ご注文等に関するお問い合わせ）
　　　　http://starts-pub.jp/

印刷所　共同印刷株式会社
Printed in Japan

乱丁・落丁などの不良品はお取り替えいたします。上記販売部までお問い合わせください。
本書を無断で複写することは、著作権法により禁じられています。
定価はカバーに記載されています。

ISBN 978-4-8137-0403-4　C0193

ケータイ小説文庫 2018年2月発売

『もっと、俺のそばにおいで。』 ゆいっと・著

高1の花恋は、学校で王子様の存在の笹本くんが好き。引っ込み思案な花恋だけど友達の協力もあって、メッセージをやり取りできるまでの仲に！ 浮かれていたある日、スマホを落として誰かのものと取り違えてしまう。その相手は、イケメンだけど無愛想でクールな同級生・青山くんで――。
ISBN978-4-8137-0403-4
定価：本体590円＋税

ピンクレーベル

『矢野くん、ラブレターを受け取ってくれますか？』 TSUKI・著

学校で人気者の矢野星司にひとめぼれした美雀。彼あてのラブレターを、学校イチの不良・矢野拓磨にひろわれ、勘違いされてしまう。怖くて断れない美雀は、しぶしぶ拓磨と付き合うことに。最初は怖がっていたが、拓磨の優しさにだんだん惹かれていく。そんな時、星司に告白されてしまって…。
ISBN978-4-8137-0404-1
定価：本体590円＋税

ピンクレーベル

『16歳の天使』 砂倉春待・著

高1の由仁は脳腫瘍を患っており、残されたわずかな余命を孤独な気持ちで生きていた。そんな由仁を気にかけ、クラスになじませようとする名良橋。転校すると嘘をつきながらも、由仁は名良橋に心を開きはじめ2人は惹かれ合うようになる。しかし由仁の病状は悪化。別れの時は近づいて…。淡い初恋の切なすぎる結末に号泣!!
ISBN978-4-8137-0406-5
定価：本体590円＋税

ブルーレーベル

『あの雨の日、きみの想いに涙した。』 永良サチ・著

高2の由希は、女子にモテるけれど誰にも本気にならないと有名。孤独な心の行き場を求めて、荒んだ日々を送っていた。そんな由希の生活は、夏月と出会い、少しずつ変わりはじめる。由希の凍てついた心は、彼女と近づくことで温もりを取り戻していくけれど、夏月も、ある秘密を抱えていて…。
ISBN978-4-8137-0405-8
定価：本体590円＋税

ブルーレーベル

書店店頭にご希望の本がない場合は、
書店にてご注文いただけます。